일곱 시절

The Seven Ages

일곱 시절

루이즈 글릭 시집
정은귀 옮김

시공사

노아와 테레즈를 위해

너 흙덩이, 너, 말을 하라.

—템페스트

차
례

일곱 시절

The Seven Ages

내 첫 번째 꿈에, 그 세상이 나타났다
소금, 쓰디쓴 것, 금지된 것, 달콤한 것
내 두 번째 꿈에 나는 내려갔다

나는 인간이었고, 나는 그걸 볼 수 없었다,
나라는 야수를

그걸 가지려면 그걸 만져야만 했다

나는 숲 속에 숨었다,
들판이 벌거벗을 때까지 들판에서 일을 했다—

다시는 오지 않을
시간—
묶어 놓은 마른 밀, 무화과와
올리브를 담은 함,

심지어 나는 몇 번 사랑도 했다 역겨운 인간의 방식으로

다들 그러하듯 사랑할 걸 가지고 나는

에로틱한 자유라 불렀다,
어처구니없어 보이지만.

모아서 저장되는 밀, 말린 마지막
과일: 쌓이기만 하고

한 번도 사용되지 않은 시간
그 또한 끝나는가?

내 첫 번째 꿈에 그 세상이 나타났다
달콤하고, 금지된
하지만 정원은 없었고, 다만
날것들만이.

나는 인간이었고:
내려가려면 빌어야 했다

소금, 그 쓰라린, 그 가혹한, 그처럼 선제적인

그리고 다른 이들처럼, 나는 잡았고, 나는 잡혔다

나는 꿈을 꾸었고

나는 배신당했다:

꿈속에서 지구가 내게 주어졌다
꿈속에서 나는 그걸 가졌다.

달빛

Moonbeam

안개가 피어올랐다 작은 소리와 함께. 쿵 하듯이.
그건 심장이 뛰는 소리. 태양도 떠올랐고, 금방 엷어졌다.
여러 해가 흐른 듯, 태양은 다시 가라앉았고
황혼이 해안을 휩쓸다가 거기서 더 짙어졌다.
어디선가에서 연인들이 왔다,
육신과 심장이 아직도 있는 사람들. 아직도
팔과 다리, 입이 있는 사람들, 물론 시간이 가면
다 주부가 되고 사업가가 되겠지만.

똑같은 밤이 우리 같은 사람들을 또 만들었다.
너는 나와 같아, 네가 인정하든 않든.
만족을 모르고, 지나치게 꼼꼼해. 너의 갈망은 경험을 위한 것이
아니라
이해를 위한 것, 마치 그게 추상 안에서 얻을 수 있는 것처럼.

그러다 다시 날이 밝고 세상은 정상으로 돌아간다.
연인들은 머리를 매만지고; 달은 다시 속이 빈 상태로 돌아간다.
해변은 또다시 신비한 새들이 차지한다,
곧 우표에 등장할 새들이다.

하지만 우리의 기억들, 이미지에 의존하는 사람들에 대한 기억들은 어찌 되나?

그것들은 무의미한 것일까?

안개가 피어올랐다. 되찾은 사랑의 증거다.

그게 없다면 우리에겐 당신과 나라는 거울만 있겠지.

감각적인 세상

The Sensual World

무시무시한 강과 협곡을 가로질러
나는 네게 외친다, 경고하라고, 준비하라고.

땅이 너를 유혹할 거다, 천천히, 알아채지 못하게,
미묘하게, 묵인은 말할 것도 없고.

준비가 안 되어서: 나는 할머니의 부엌에 서 있었다.
내 잔을 내밀며. 조린 자두, 조린 살구—

주스가 얼음 잔으로 쏟아졌다.
물이 추가되었다, 참을성 있게, 조금 조금씩,

비슷비슷한 과일 맛들 구별하면서,
각각 더 섞어서 맛을 보면서—

여름 과일 향, 진한 농도:
색깔 있는 음료는 점점 더 옅어지고, 더 환히 빛나고,

여름을 통과하면서 더 옅어진다.
기뻐하라, 그리고 위로하라. 할머니가 기다리신다,

뭐가 더 필요한지 보려고. 위로, 그러곤 깊은 몰입.
아무것도 더 사랑 안 했다: 감각적인 삶의 깊은 사생활,

그 속으로 사라지거나 그와 분리할 수 없는 자아는,
어떻게든 유보되고, 떠다니다가, 그게 필요하단 사실이

온전히 드러나고, 깨어나고, 온전히 살아나—
깊은 몰입, 또 그와 함께

신비로운 안전. 저 멀리, 과일은 유리그릇에서 빛나고.
부엌 밖에선, 해가 지고 있고.

나는 준비가 안 되었지: 일몰, 여름의 끝. 시간의
시연들, 연속체로서, 정지가 아니라 끝을 향해

가는 것으로서; 감각들이 나를 보호하진 못할 거야.
난 한 번도 경고받은 적이 없기에 네게 경고하는 것.

너는 절대로 놓지 않을 거고, 절대로 만족하지 않겠지.
너는 상처 받고, 흉터가 남을 거고, 계속 갈구하겠지.

너의 몸은 늙어갈 거고, 너는 계속 더 원하겠지.
이 대지를 원할 거고, 대지 이상을 원하겠지—
숭고하고, 무관심하게, 그건 존재하고, 그건 응답하지 않겠지.
그것은 둘러싸고 있고, 그것은 보살피지 않겠지.

의미, 그게 너를 먹여 살릴 것이고, 그게 너를 능욕하겠지,
그것은 너를 살려두지 않겠지.

엄마와 아이

Mother and Child

우린 모두 몽상가다; 우리가 누군지 우리는 모른다.

어떤 기계가 우릴 만들었다; 세상의 기계, 쪼들리는 가족.
그리고는 부드러운 채찍질로 연마된 세상으로 돌아온다.

우리는 꿈을 꾼다; 우리는 기억하지 못한다.

가족이라는 기계: 어두운 털, 어미라는 몸의 숲들.
어머니라는 기계: 그녀 안의 하얀 도시.

그리고 그 이전에는: 지구와 물.
바위 사이 이끼, 나뭇잎 조각들 그리고 풀들.

그리고 전에는, 거대한 어둠 속 세포들.
그리고 그 이전에, 베일에 싸인 세상.

이것이 네가 태어난 이유다: 나를 침묵시키려고.
어머니와 아버지의 세포들, 네 차례다,
중심이 되고 걸작이 되는 것.

나는 즉석에서 만들었다; 나는 기억이 안 났다.
이제 네가 이끌릴 차례다;
너는 알고자 애쓰는 사람이니:

내가 왜 고통을 받는지? 내가 왜 무지한지?
거대한 어둠 속 세포들. 어떤 기계가 우릴 만들었다;
네 차례다, 그걸 말하고, 다시 물어 봐야 한다,
나는 무얼 위해? 나는 무얼 위해?

우화

Fable

우리는, 각자, 각자의 소망들이 있었다.
숫자는 변했다. 우리가 원하는 것도—
그것도 변했다. 왜냐하면
우리는, 모두, 다른 꿈을 꾸었기에.

소망들은 다 달랐고, 희망도 다 달랐다.
그리고 재난과 참사도, 늘 다르다.

큰 파고 속에서, 그들은 이 대지를 떠났다,
심지어 늘 헛되이 낭비되는 것도.

절망의 파고, 가망 없는 그리움과 가슴앓이의 파고.
젊음의 신비롭고 거친 갈망의 파고, 어린 시절의 꿈들.
세세하고 화급한; 때로는, 이타적인.

모두 다르다, 물론 돌아가고
싶은 소망 빼고는. 마지막이건 처음이건
필연적으로, 반복된다
몇 번이고—

그렇게 그 메아리는 머물러 있었다. 또 그 소망은
우리를 붙잡고 우리를 괴롭혔다
그게 허락되지 않는다는 걸
우리는 몸으로 이미 알고 있었지만.

우리는 알았다, 그래서 어두운 밤들에, 이걸 받아들였다.
그때 그 밤이 얼마나 향긋해졌는지,
그 소망이 우리를 놓아주었을 때,
어찌나 완벽히 고요했는지.

하지

Solstice

매년, 같은 날짜에, 여름 하지가 온다.
완벽한 빛: 우리는 그날을 위한 계획을 세운다,
시간이 정말 아주 길다고, 거의 무한이라고
우리가 우리 자신에게 말하는 날이다.
그러면 우리의 읽기와 쓰기에 있어서, 그 축하,
그 황홀에게 우선권이 주어진다.

이 의례적인 행사들엔 경이(驚異)와는 다른 무언가가 있다:
좀 우쭐대며 내는 멋도 있다,
천재적인 인간이 이런 준비에 참여했던 것처럼 말이다
그리고 결과는 만족스러웠다.

빛의 뒤에 오는 것은 빛의 앞에 오는 것이다:
균형의 순간, 어두운 등가의 순간.

하지만 오늘 밤 우린 정원의 캔버스 의자에 앉아 있다,
아주 늦은 저녁까지—
왜 우리는 앞이나 뒤를 봐야 할까?
왜 우리는 기어이 기억해야 할까:
우리의 피 속에, 이 지식 안에 그것은 있다.

날이 짧아지는 것; 어둠, 겨울의 추위.

그것은 우리의 피와 뼈에 있다; 그것은 우리의 역사 안에 있다.

이런 것들을 잊으려면 천재가 필요하다.

별들

Stars

나는 깨어 있다; 나는 이 세상에 있다—
더 이상의 확신도
나는 기대 않는다.
보호도 없고, 약속도 없다.

밤 하늘의 위안,
거의 움직이지 않는
시계의 얼굴.

나는 혼자다— 내 모든
재물이 나를 둘러싸고 있다.
방도, 침대도 있다.
침대가 있고, 그 옆에는
꽃이 꽂힌 꽃병이 있다.
그리고 독서등과, 책 한 권.

나는 깨어 있다; 나는 안전하다.
방패 같은 어둠, 유예된
꿈들, 아마도
영원히 사라진.

그리고 그날—
나는 너의 미래다,
여기 당신 슬픔의 화물이 있다
라고 말하는 마음에 안 드는 아침:

당신은 나를 거부하는가? 내가
충만하지 않다고, 당신 말을 빌리자면,
그래서 날 보내려고 하나,
이미 암시된 그 검은 형체를
당신이 보고 있기 때문에?

나는 절대 추방되지 않을 것이다. 나는 빛이고,
당신의 개인적인 고뇌와 굴욕이다.
더 나은 어떤 걸 기다리고 있던 것처럼
당신은 나를
기어이 떠나보내는가?

더 나은 건 없다.
다만 (짧은 동안에)
당신을 임무에서 놓여나게 하는

격리 같은 밤하늘만 있을 뿐.

다만 (부드럽게, 격렬하게)
빛나고 있는 별들. 여기,
방에서, 침실에서.
나는 용감했다, 나는 저항했고,
내 자신을 불태웠다 라고 말하면서.

젊음

Youth

내 여동생과 나는 소파 양쪽 끝에서,
(아마도) 영어 소설을 읽고 있다.
텔레비전이 켜져 있다; 교과서들이 펼쳐져 있고,
줄 그어진 종이에는 지명들이 표시되어 있다.
유클리드, 피타고라스. 마치 우리가
사상의 기원과 좋아하는 소설을 조사해 본 것처럼.

우리가 자라나는 슬픈 소리들—
첼로들의 황혼. 플루트나
피콜로의 흔적은 없다. 그땐 그 어떤 것도
진화한다거나 변한다고 상상하기가
불가능해 보였다.

슬픈 소리들. 정말로
정물화였던 이야기들.
소설 페이지가 넘어가고;
개 두 마리 조용히 코를 골고.

또 부엌에선,
달그락달그락 엄마 소리,

로즈마리 냄새, 양고기 굽는 냄새.

세상은 만들어지고 있어서
이동하고, 생성되고, 또 용해되었다,
그러나 우린 그렇게 살지 않았다;
우리 모두는 우리의 삶을 살았다,
감지되지만 이해되지는 않았던
어떤 것이, 대단한 원칙이,
동시에 의례적으로 상연되는 것처럼.
그리고 우리가 언급한 말들은 연극 속 대사 같았다
선택이 아니라 확신을 갖고 하는 그런 대사들.

어떤 변화나 차이 두는 것을 은근히 반대하는
질문하는 것조차 거절하는
어떤 원칙, 무서운 가족의 의지―

이제 그 세상이 바뀌기 시작한다,
우리 주위에서 소용돌이치기 시작한다,
세상이 더이상 존재하지 않는 지금에서야.
그것은 이제 현재가 되었다: 끝도 없이, 형식도 없이.

고귀한 이미지

Exalted Image

한 마리가 아니라 두 마리다.
식기로 작아진 접시 하나가 아니라,
한 쌍의 접시, 식탁보다.
시장에서는 그 작은 카트가
가슴 저미도록 비어 있지도 않았고,
필사적으로 꽉 차지도 않았다. 어두운 극장에선,
서로를 찾고 있는 두 손이 있었다.

성지의 일부가 교회 제대처럼
촛불에 흐릿해졌다.

이건 누구의 생각일까? 저기 누가 무릎을 꿇고 있나,
소속 없는 그 아이가 아니라면,
휴식이 시련인
흠 있는 그 아이가 아니라면,

나중에, 작품에 흠뻑 빠져서
다른 아이들이 메모를 전달하는 동안
선생님이 그의 착한 마음에다 말한 걸
진지하게 숙제에 적용하는 아이—

그는 무엇을 보호하고 있나? 다시 그의 마음인가?
공책 가장자리 여백에서
완전히 잃어버린 그의 마음일까?

너는 공허한 삶을 무엇으로 채우는가?
사랑스러운 인물들, 꿈속의
자신, 다른 자아로 복제된
자신, 함께 포개어져 있는
그 두 자아, 팔과 다리는 늘
유골함이나 거푸집처럼
완벽하게 음영 처리되어 있지만.

안에는, 실제 삶의 재가 있고.
재, 실망—

그리고 그가 바라는 것은
작품을 완성하는 것,
시간 속에서 유예되는 것,
얼음 큐브 속 저민 오렌지처럼—

어두운 풀밭 위에 드리운 그림자들. 바람이
갑자기 잦아들고 그리고 시간은, 너무 조급하게,
계속 나아가고 싶어 한다, 거기 동물처럼 조용히 누워서.
서로의 품에 안겨 누워 있는 연인들,
산산조각 난 마음들 다시 기워지고, 인생에선 물론
그렇지 않을 텐데, 지속될 수 있는
완전한 기쁨과 결합의 순간—
그들에게 그 순간이 생생한가? 그는 그들을 보았다.
단 하나의 마음 안에서, 자신의 명백한 추상 속에서,
그는 산만하지도 겁먹지도 않은
그 모든 몸부림과 울부짖음을 보았다—

그리고 그는 이해했다; 그는 온전히 되찾았다,
시인의 고귀한 모습, 몽상가의 모습을.

재회

Reunion

20년 지나 그들은 서로를 좋아한다는 걸 알게 된다,
엄청난 차이가 나지만 (하나는 정신과 의사, 하나는 시청 공무
원),
예상할 수 있었던 차이, 예상되었던 차이다:
취향의 차이, 성향의 차이, 또 지금은, 재산의 차이
(하나는 문학적이고, 다른 하나는 아주 실용적인데
우아하게 비꼬는 타입; 아내들은 다정하고 서로 호기심이 많다).
이 발견은, 또, 자아에 대한 발견이자 새로운 능력에 대한 발견:
대화를 나누며 그들은, 위대한 현자들처럼,
자기들이 읽은 (같이 읽진 않았지만) 철학자들처럼,
세속적인 성취와 지혜를 갖춘 사람들처럼,
매력과 활기, 열렬한 개방성, 청년에게 부당하게 유명한
이 모든 자질들을 이야기했다. 여기에다 폭넓은 관용과
관대도 더해졌다, 어떤 경멸, 경계에서 멀어지려는 움직임도.
그들의 삶이 어떻게 발전했는지도, 이제, 기쁘게 이야기한다.
어느 면에서는 비슷하게, 또 어느 면에서는
아주 다르지만 (각자, 암시되거나 드러난
슬픔의 핵심이 있어서); 이제, 차이에 대해 이야기하고,
한때 떠도는 공포의 일부였던 모든 것에 대해
말하고, 어떤 주제에 대해 기쁘게 주장한다. 주제가

    대화를 만들고 격식을 높이는 한, 이 대화는 그 안에서 (그 자체
의 웅장함으로)
    이전에는 없었던 것 같은 그런 친절과 선의를
    불러일으키니. 시간은 그들에게 선량했다, 그래서 이제
    그들은 그걸 함께, 속마음으로, 이야기할 수 있다, 말하자면,
    이전에는 할 수 없었던 일이다.

라듐

Radium

여름이 끝나자, 여동생은 학교에 가게 되었다.
더는 집에서 강아지들과 놀지 않고,
따라잡기도 더는 않고. 엄마와 하는
소꿉놀이도 더는 않고. 그녀는 자라고 있었다,
카풀에도 낄 수 있었다.

아무도 집에 있고 싶어 하지 않았다. 진짜 인생은
세상이었다: 당신은 라듐을 발견했고,
백조의 여왕이 되어 춤을 췄다. 어떤 것도

어머니를 설명하지 못했다. 침대를 정돈하고
여동생과 나 같은 아이들을 키우는 일이
더 재미나서 라듐은 제쳐 두는 일,
어떤 것도 설명하지 못했다.

여동생은 나무를 관찰했다; 나뭇잎들은
기대만큼 빨리 바뀌지 않았다. 그녀는 계속 물었다.
가을이야, 그만큼 추워?

하지만 아직 여름이었다. 여동생 숨소리를 들으며

나는 침대에 누워 있었다.

달빛에 비친 여동생 금발 머리가 보였다;

하얀 시트 아래, 작은 요정의 몸이 보였다.

책상 위에는 내 새 공책이 보였다. 공책은

내 머리 같았다: 깨끗이, 비어 있다. 여섯 달 후에,

거기 적힌 내용이 내 머릿속에도 있을 것이다.

나는 한쪽 얼굴을 곰 인형에 파묻고 있는 여동생 얼굴을 바라보

았다.

여동생도 내 머릿속에 기억으로 저장되었다,

책 속에 있는 사실들처럼.

잠을 자기 싫었다. 이맘때는 잠을 자고 싶지

않았다. 또 일어나기도 싫었다. 나뭇잎 색깔이

바뀌는 것도 싫었다, 밤이 일찍 어두워지는 것도 싫었다.

새 옷도, 새 공책도 좋아하고 싶지 않았다.

그게 뭔지 나는 알았으니: 뇌물 혹은 오락.

학창 시절의 설렘처럼: 진실은

시간이 한 방향으로 움직이고 있다는 거였다,

온 집을, 온 마을을 들어 올리는 파도처럼.

나는 여동생을 깨우려고 불을 켰다.
부모님이 일어나서 지켜 주길 바랐다; 부모님이
거짓말을 그만 하길 바랐다. 하지만 아무도 일어나지 않았다.
일어나 앉아 나는 야간등 밑에서 그리스 신화를 읽었다.

밤들은 추웠고 낙엽이 떨어졌다.
여동생은 학교에 싫증을 냈고, 집에 있고 싶어 했다.
하지만 돌아가기엔 너무 늦었다, 멈추기엔 너무 늦었다.
여름은 가고, 밤들은 어두웠다. 개들은
스웨터를 입고 밖에 나갔다.

그리고 가을이 가고, 한 해가 갔다.
우리는 변하고 있었다, 자라고 있었다. 하지만
그건 네가 결정하고 한 게 아니었다;
그냥 일어난 일이었다, 네가
통제할 수 없는 일.

시간이 흐르고 있었다. 시간은 우리를

더 빨리, 더 빨리 데리고 갔다. 실험실 문으로,
그리고 문 너머 심연 속으로, 어둠 속으로.
어머니는 수프를 저었다. 양파는,
신기하게, 감자의 일부가 되었다.

생일

Birthday

감탄하며 나는 돌아볼 수 있다,
오십 년을. 그리고 그 응시의 끝에는,
이미 너무 잘 알아볼 수 있는 한 사람이 있다,
두 손 무릎에 깍지 끼고, 두 눈은
미래를 응시한다, 소멸을 기다리는 영혼이
공포와 절망에 엉킨 채.

너무 익숙해, 비록 물론, 아직도, 아주 젊긴 하지만.
멍하니 앞을 바라보는, 캄캄한 어둠을 빤히 바라보는 그 표정.
그리고 생각한다—그건, 내 기억으로는, 변화를 막으려는 마음이
시도한 것이었다고.

익숙하고 금방 눈에 띄는, 하지만 훨씬 더 깊이 고독하고, 더 낙
담한.
그녀가 보기에, 그녀는 모든 걸 즐겁게 기다리는 사람이라는
아이의 정의에는 맞지 않는 사람이다.

이건 다른 이들이 어떻게 보이는가의 문제; 이건, 그러므로, 그들
이 어떤 존재인가하는 문제.
카메라를 가지고 계속해서

친구를 사귀고, 일부는 정말로
진짜 확신을 가지고 웃는다—

나는 그 시절을 기억한다. 자기 의심, 자기 혐오로 가득 차 있던,
동시에 공동체나 평범에 대한
경멸로 가득 차 있던; 고독에
영원히 의탁한 채, 인식이라는 암울한 위안에
비극이 완벽하게 지배하는 미래에 의탁한 채, 거대한 의지는
받아넘기기에도 아무 소용이 없던 시절—

그게 바로 침묵이 갖고 있는 문제다:
사람은 자기 생각을 시험할 수는 없다.
그건 생각이 아니라, 진실이기 때문에.

그 모든 방어들, 정신적인 경직성, 비극을 드러내려고
평범의 가면을 집요하게 벗겨 내는 일,
이것들은 실은 그 세계의 천진난만이었다.

부분적인 것, 변화하는 것, 변할 수 있는 것을 의미하는—
절대가 배제하는 그 모든 것들. 나는 어두운 거실에 앉아 있었다.

생일이 지났다. 나는 자연스레 시간에 대해 생각했다.
나 기억난다, 어떻게 해서, 거의 같은 순간에,
내 가슴이 환희에 솟구쳤다가 황량한 고뇌에
꺼져 버렸는지. 그 솟구침—반만 세다가 그친—
그건 바로 행복이었다; 그게 바로 그 단어의 의미였다.

고대의 텍스트

Ancient Text

내 인생, 천사들이 들었던
내 모든 기도가 얼마나 다행이었는지.

나는 대지에게 간청했고; 대지를 받았다, 얼굴에
어마어마하게 진흙이 묻은 마냥.

나는 고통에서 벗어나게 해 달라 기도했다; 나는 고통을 받았다.
내 기도가 들리지 않았다고 누가 말할 수 있을까? 내 기도는

번역되었고, 편집되었다—그래서 설령,
중요한 단어가 빠지고 잘못 이해되고, 중요한 부분이

지워졌다 해도, 여전히 내 기도는 받아들여졌고 고대의 텍스트
처럼 연구되었다.
아마, 내 기도들은 *분명* 고대의 텍스트*였다,* 특정한

시대의 구어로 재창조된.
또 어떤 의미에서 내 인생이 점점 더 기도에 바쳐졌기에,

내가 보기에, 천사들의 임무도, 이 언어를 습득하는 것이 되었다.

천사들로선 유창하지도 않고, 자신도 없던 언어였다.

또 만약 내가 어렸을 때 거절당하고 버림받았다고 느꼈다면,
결국 우리는, 우리 모두는, 선생이 되기로

예정되었던 거라는 느낌이 들었다, 아마도
청각 장애인을 가르치는 교사, 고결한 인내가 지속적인 열정으로

지펴지는 친절한 조력자가 될 거였다는.
나는 드디어 이해했다! 우리는 돕는 사람들, 조력자였다,

우리의 걸작들은 입문서처럼 이상하게도 유용했다.
그때 인생이 얼마나 단순해졌는지; 유치한 실수들, 끝없는

노동 속에서도 얼마나 선명했는지: 밤낮으로 천사들은
내 의미들을 두고 토론했다. 밤낮으로 난 내 청원을 수정했다,

모든 오해를 영원히 피할 것처럼 문장 하나하나를 더 좋고
더 명확하게 만들었다. 어찌나 나무랄 데 없이 되었는지―

흠잡을 데 없고, 아름답고, 계속 오독되는. 내가 만약, 어떤
의미에서, 시간을 비틀거리는 강박증 환자라면, 다른 의미에서

나는 날개 달린 강박증 환자였다, 달빛 환한 나의
깃털은 종이였다. 나는 남자와 여자 사이에선 거의 살지 않았다;

난 천사들하고만 이야기했다. 나의 날들 얼마나 좋았는지,
계속된 밤의 침묵과 불투명이 얼마나 그득하고 뜻깊었는지.

일기에서

From a Journal

한때 연인이 있었다,
두 번째 연인이 있었고,
세 번 쉽게 사랑했다.
그리고 그 사이에
내 마음은 벌레처럼
완벽하게 탈바꿈했다.
그리고 내 꿈들 또한 탈바꿈했다.

얼마의 시간 뒤에, 나는 알게 되었다,
내가 전적으로 멍청한 삶을 살고 있다는 걸.
멍청하고 소모적인―
그리고 얼마 후, 당신과 나는
연락을 주고받기 시작했다, 완전히
새로운 형식을 만들어 가며.

먼 거리를 넘어서는 깊은 친밀감!
키츠가 패니 브라운에게, 단테가 베아트리체에게―

사람은 옛 글자로
새로운 형식을 발명할 수는 없다. 내가 보낸 편지들은

흠잡을 데 없이 아이러니하고, 냉정하면서도
솔직했다. 그동안 나는 머릿속으로
다른 편지를 쓰고 있었다,
그중 일부는 시가 되었다.

그렇게나 진심인 느낌!
열정적인 갈망을
그렇게나 여러 번 격렬히 선언하고!

나는 한 번을 사랑했고, 두 번을 사랑했다,
그러다 갑자기
그 형식이 붕괴되었다: 나는
무지를 감당할 수가 없었다.

당신을 잃어버린 게 얼마나 슬픈지, 당신을
실제로 알고, 또 시간 너머로 당신을
실존한 인물로, 깊숙이 애착을 느끼며
내가 자랄 수 있었던 한 사람으로, 혹은
내가 갖지 못했던 형제로 당신을 기억할 수 있는
기회를 잃어버린 게 얼마나 슬픈지.

또 뭔가에 대해 답을 찾기도 전에
죽는 걸 생각하는 게 얼마나 슬픈지. 또 우리 모두가
내내 얼마나 무지하게 있는지를 깨닫는 것이,
저격수처럼, 한쪽 시야로만
사물들을 바라보고
있다는 걸 깨닫는 것이 얼마나 슬픈지.

내가 당신에게 하지 못했던 것이
너무 많이 있었는데,
당신을 흔들 수도 있었을 일들.
또 내가 좀 멋지게 보였던 밤에 찍은,
당신께 보내지 않은 그 사진도.

나는 당신이 사랑에 빠지길 바랐다. 하지만
화살은 거울을 맞추고는 계속 되돌아왔어.
편지들은 어느 쪽도 완전한 진실이
아닌 채로 계속 나뉘어졌고.

슬프게도, 당신은 이 중 어떤 것도
이해하지 못했다, 비록 당신, 늘 똑같이

애매모호한 편지로, 금방 답장을 보냈지만.

나는 한 번 사랑했고, 나는 두 번 사랑했다,
또 우리의 경우엔, 심지어 일이 출발점을
떠나지도 못했을 정도, 그래도
시도해 본 건 좋은 일이었다.
여전히 나는 물론, 편지들을 갖고 있다.
아이스티 한 잔과 함께
이 편지들을, 내가 정원에서 다시 읽어 보려면
몇 년이 걸릴지도 모른다.

또 때로 나는 뭔가의 일부가 된 것 같은 느낌이 든다,
아주 대단하고, 아주 심오하고 광활한 무언가의 일부가.

나는 한 번 사랑했고, 두 번 사랑했다,
쉽게 세 번을 나는 사랑했다.

섬

Island

커튼이 갈라졌다. 빛이
들어온다. 달빛, 그리고 햇빛.
시간이 흘러서 변하는 게 아니라
한순간에 여러 모습이 있기 때문이다.

깨진 꽃병에 담긴 하얀 리시안셔스.
바람 소리. 찰싹이는
물결 소리. 몇 시간이 지나고, 하얀 돛이
빛나고 배는 닻을 내리고 흔들린다.

시간 속에 고정된 움직임은 아직 없고.
하늘하늘 흔들리는 커튼; 반짝거리는
순간, 뒤로 또 앞으로
움직이는 손. 침묵. 그리고

단어 하나, 이름 하나. 그리고 또 다른 단어:
다시, 또 다시. 그리고
고요와 변화 사이 맥박처럼
구원되는 시간. 늦은 오후. 곧 상실될 것들은

기억이 되고; 마음은 그 주위를 에워싸고. 그 방은
다시 찾아 간직한다. 햇빛,
또 달빛. 눈물 그렁그렁한 눈.
그리고 달이 지고, 하얀 돛이 휘어지고.

목적지

The Destination

며칠밖에 되지 않았는데, 매우 길었다,
빛이 계속 바뀌었다.
며칠이, 몇 년으로 펼쳐지고,
십 년 흐름을 지나.

회의는 매번 정확성이란 감각으로 충전되고,
마치 우리가 따로따로, 먼 거리를
여행한 것처럼; 그 모든
방황의 세월을 지나, 결국,
목적지가 있었던 것처럼.
장소가 아니라 몸과 목소리.

여러 날. 관용이나 느릿느릿한 애정으로
발전되지 않았던
강렬함.

여러 해, 나는 이것이 위대한 경이라고 믿었다;
마음속으로, 나는 그 시절로 반복해서 돌아갔다,
그 시절이 내 분방한 연애 생활의 중심이었다고 확신한다.

그 시절은 매우 길었다, 지금의 날들처럼.
그리고 사이사이에 떨어져 있던 날들, 그 날들을 어쨌든
연장하고픈, 그 날들과 떨어질 수 없는
열정적인 기쁨으로 가득 차, 너무 행복해
그래서 몇 시간이 평생을 차지할 수도 있었으니.

몇 시간, 펼쳐지지도 줄어들지도 않는 세계,
언제든 다시 들어갈 수 있는 세계―

그래서 끝나고 한참 후에도, 어려움 없이 나는 그 세계로
돌아갈 수 있었다, 거의 완벽하게 상상 속에서 살 수 있었다.

그 발코니

여름 끝 무렵, 이런 밤이었다.

내 기억에 우리는 발코니가 있는 방을 빌렸다.
몇 박 며칠이었지? 아마도 5일―그 이상은 아니다.

만지지 않을 때에도 우리는 사랑을 나누고 있었다.
여름밤에 우리는 작은 발코니에 서 있었다.
그리고 저 어딘가에서, 사람 살이 소리가 들렸다.

우리는 곧 성유를 바른 군주가 될 것이었다,
신하들을 잘 살피는 군주. 우리 바로 밑에서
라디오 소리가 들렸는데, 그 시절엔 우리가 잘 몰랐던 아리아였
다.

사랑으로 죽어 가는 누군가. 시간이 그로부터
유일한 행복을 앗아갔기에, 지금은 혼자인 사람,
아름다움도 잃고, 가난해진 사람.

견딜 수 없는 슬픔, 고립과 공포의 황홀한 음표들,
올라가는 표의 느린 가락을 지탱하기 힘든 것들―

그것들이 어두운 물 위로 떠다녔다
황홀경처럼.

그토록 작은 실수. 여러 해 지나서,
그 방에 있던 그 시간들, 그 밤에 남은 유일한 것.

너도밤나무

Copper Beech

땅은 왜 하늘을 향해 화를 낼까?
질문이 있다면 답도 있을까?

데이나 스트리트에, 너도밤나무가 있다.
내 어린 날 나무처럼 거대했지만,
그때 내가 볼 준비가 되지 않았던 어떤 폭력성이.

나는 뾰족한 손가락 같은 아이였다,
그런 때는 어둠이 폭발했다;
어머니는 내게 아무것도 할 수 없었다.
재밌어, 그치,
어머니가 사용했던 언어.

동물처럼 자라는 너도밤나무.

좌절, 분노, 튕겨져 나온 사랑으로
끔찍하게 상처 입은 자존심이―땅에서

하늘로 솟구치던 기억이 난다. 부모님이
두 분이었다는 것도 나 기억난다,

한 분은 가혹했고 한 분은 보이지 않았다. 가련하게
가려져 있던 아버지, 금과 은
속에서 일만 하신 분.

내 여동생 연구

Study of My Sister

여기 미국에서, 우리는 구체적이고
눈에 보이는 것을 존중한다. 우리는 묻는다.
뭘 위한 거지? 그게 결국 어떻게 되는 거지?

내 동생은
포크를 내려놓았다. 그녀는 말했다,
절벽에서 뛰어내려야 할 것 같아.

인간 영혼을 거스르는
죄가 저질러졌다

하루 종일 색색의 블록을 가지고
자기 재밌는 일에만 몰두하는
그래서 마지막에는

환하게 고개를 들어
자기를 보여 주고
부모님에게 자기를 돌려주는
어린 아이를 거스르는 죄

그래서 그들은 말한다
넌 뭘 만들었니?
그럴 때면, 그녀가
너무 멍하고 혼란스러워 보여서,
그들은 그 질문을 반복한다.

팔월

August

여동생이 손톱을 자홍색으로 칠했다,
푸크시아 과일의 이름을 딴 색이다.
모든 색깔이 음식을 따라서 이름 지어졌다:
커피 프로스트, 귤 샤베트.
우리는 뒷마당에 앉아 우리 인생이 다시 시작되기를 기다렸다.
상승하던 여름이 중단되었다:
성취들, 승리들, 학교는
일종의 연습이었다.

선생님들은 파란 리본을 단 우리를 내려다보며 웃었다.
우리는 머릿속으로 선생님들을 내려다보며 웃었다.

우리 인생은 우리 머릿속에 저장되었다.
우리 인생은 아직 시작되지 않았다; 우린 둘 다
인생이 시작하면 알게 될 거라 확신했다.
물론 이렇게 되지는 않았다.

우리는 뒷마당에 앉아 우리 몸이 변하는 걸 지켜보았다:
처음에는 밝은 분홍색, 그리곤 황갈색으로.
나는 다리에 베이비오일을 발랐고; 여동생은

왼손에 매니큐어 리무버를 문지르고,
다른 색을 발라 보았다.

우리는 책을 읽고 휴대용 라디오를 들었다.
이건 분명 인생은 아니었다, 색색의
잔디 의자에 이렇게 둘러앉아 있는 것.

꿈과 일치하는 건 아무것도 없었다.
여동생은 계속 마음에 드는 색을 찾으려 했다:
여름이었고 다 서리 낀 색이었다.
자홍색, 주황색, 진주색.
여동생은 왼손을 눈앞에다 대고
오른쪽 왼쪽으로 움직였다.

어째서 늘 이랬을까—
유리병 속에서 그 색깔들은 너무 강렬하고,
너무 선명한데, 손에서는
연한 은빛 막으로,
거의 똑같았다.

여동생이 그 병을 흔들었다. 주황색이
계속 바닥으로 가라앉았다; 아마도
그게 문제였나 보다.
여동생이 병을 계속 흔들었고, 불빛에 비춰 보며,
잡지에 적힌 단어들을 살펴보았다.

세상은 세세함이었다, 아직 정확히 맞지도 않는
작은 것이었다. 아니면 여전히 조잡하거나
근사치에 가까운 덧붙인 생각 같았다.
진짜인 것은 아이디어였다:

여동생은 한 겹 더 매니큐어를 바르고,
엄지손가락을 병 옆에 대고 있었다.
우리는 그 격차가 좁아지는 걸 볼 수 있을 거라고
계속 생각했다, 실제로는 차이가 계속 되었지만.
더 완고하게 차이가 지속될수록,
우리는 더 격렬하게 믿었다.

해변에서의 여름

Summer at the Beach

캠프를 시작하기 전, 우리는 해변에 갔다.

긴 날들, 햇볕이 위험하기 전이었다.
여동생은 엎드려서 미스터리 소설을 읽었다.
나는 모래밭에 앉아 물을 바라보았다.

마음에 안 드는 네 몸의 어떤 부분들
가리려면 모래를 이용할 수 있었다.
나는 다리를 더 길게 만들려고 발을 덮었다;
모래가 내 발목 위로 올라왔다.

나는 물에서 나와, 내 몸을 내려다보았다.
잡지에서 원하는 그런 모습이었다:
망아지 같은. 나는 얼어붙은 망아지였다.

여동생은 이런 단장은 신경 쓰지 않았다.
나는 여동생에게 발을 덮으라고 말했고, 여동생은
몇 번 해 보더니 지루해했다; 여동생은
속임수를 계속할 만한 의지력이 없었던 거다.

나는 바다를 바라보았다; 다른 가족들이 하는 이야기가 들렸다.
어디나 아기들이 있었다: 아이들 머릿속에는 뭐가 있었을까?
아기가 된 내 모습을 상상할 수 없었다;
생각하지 않는 나 자신을 상상할 수 없었다.

어른이 된 내 모습도 상상할 수 없었다.
어른들은 다 끔찍한 몸매를 가졌다: 느슨하고, 미끈하고, 남자와
여자가 되기 위해 완벽히 헌신하는.

하루하루가 다 똑같았다.
비가 오면 그냥 집에 있었다.
햇볕이 내리쬐면 어머니와 함께 해변에 갔다.

내 여동생은 엎드려서, 추리 소설을 읽었다.
나는 머릿속에서 내가 본 것을 따라하려고 다리를 가지런히
하고 앉았다, 내가 믿은 것이 내 진정한 자아였다.

왜냐면 그게 진실이었으니까: 움직이지 않을 때 나는 완벽했다.

여름에 내리는 비

Rain in Summer

우리는, 우리 모두는, 하나의 원,
모든 지점에서 같은 긴장과 무게가
주어지고, 중심에 똑같이 가까운
그런 선이 되기로 예정되어 있었다. 나는 그걸
다르게 보았다. 내 마음 속에, 내 부모님은
그 원이었다; 내 여동생과 나는
그 안에 갇혀 있었다.

롱 아일랜드. 대서양의
끔찍한 폭풍, 회색 지붕을
때리는 여름 비. 나는 지켜보았다
너도밤나무, 그 어두운 잎사귀가
옻칠한 흑단으로 변하는 것을. 그건,
안전하게, 집만큼 안전하게 보였다.

집에 갇혀 있는 게 당연했다.
어쨌든 우리는: 우리 자신을 바꿀 순 없었으니.
아주 작은 사실조차도 우리는 바꿀 수 없었다:
머리핀 두 개로 고정하고,
가운데 가르마를 탄 긴 머리. 우린

성인의 삶에는 적합하지 않은
어머니의 생각을 구현했다.

어린 시절에 대한 견해: 어떻게 보일지, 어떻게 행동할지.
정신에 대한 견해: 어떤 은총을 주장하고, 개발해야할지.
성격에 대한 견해: 어떻게 끌리고, 또 어떻게 이기는지,
위대함이라는 진정한 방식으로 손가락 까딱 않고
어떻게 승리하는지.

그 모든 것이 너무 오래 진행되었다:
어린 시절, 여름. 하지만 우리는 안전했다;
우리는 닫힌 형식으로 살았다.
피아노 레슨. 시, 그림. 동그라미로
쿵쿵 때리는 여름 비. 그리고 정해진
조건 안에서 몇 가지 비극적인
가정들을 하는 마음: 우리는 안전하다 느꼈다,
우리가 세상을 위험하다고 봤다는 뜻.
우리는 승리하거나 정복할 것이었다,
우리가 경의를 사랑으로 봤다는 뜻.

내 여동생과 나는
여름 비의 폭력을 빤히 바라보았다.
두 사람이 동시에 승리할 수 없다는 것은
우리에게 분명했다. 내 여동생이
내 손을 잡고 꽃이 만발한 쿠션 위로 뻗었다.

우리 둘 다 볼 수 없었다, 아직은,
이에 대한 어떤 대가도.
하지만 여동생은 겁먹었고, 여동생은 나를 믿었다.

문명

Civilization

그것은 우리에게 아주 늦게 왔다:
아름다움에 대한 인식, 지식에 대한 욕망.
그리고 위대한 마음들 속에서 그 두 가지는 종종 하나로 그려진다.

인식하는 것, 말하는 것, 원래 끔찍한 주제라 하더라도—
사실이 그 자체로 고통스럽고 끔찍할 때도 대담하게 말하는
것—
우리 사이에 인간의 집착, 인간의 열정과 관련이 있는
어떤 새로운 행동을 소개하는 것 같았다.

하지만 이 행동에서도, 무언가가, 수긍되고 있었다.
또 이것은 우리 안에 남아 있는 동물적인 어떤 것과 어긋났다:
그것은 말을 하면서, 또 우리 외부의 힘에
권력을 부여하면서 노예가 되는 것이었다.
따라서 말을 했던 사람들은 추방되었고 침묵을 강요당했고,
거리에서 조롱을 받았다.

하지만 사실들은 계속되었다. 사실들은 우리 가운데 있었다,
고립되었고 패턴 없이; 그들은 우리 가운데 있었다,
우리를 형성하면서—

어둠. 여기저기서 출입구에서 불이 났고,
건물들 모퉁이를 바람이 휘젓고 있었다—

침묵된 자들은 어디로 갔나, 누가 이 이미지들을 떠올렸나?
희미한 빛 속에서 마침내 소환되고, 부활했다.
경멸받던 자들이 칭찬을 받듯이, 이 진실을
우리가 주목하도록 했던 이들, 그들의 현존을 느꼈던 이들,
캄캄한 어둠과 공포 속에서도 그들을 선명하게 인식하고
그들의 실체와 엄청난 규모에 대한 어떤 비전을
서로 소통하도록 준비했던 이들—

거기서 사실들 그 자체는 갑자기
고요하고 장엄했다. 그들은 우리 가운데 있었다,
혼돈처럼 단독으로 있지 않고, 관계로 엮이거나
질서 안에 정돈된 채, 마치 이 땅에서 삶이
이 한 가지 형태로, 깊이 이해될 수 있는 것처럼
결코 숙달되진 않더라도 말이다.

십 년

Decade

어떤 기쁨이
제의(祭儀)라는 위안을 건드리는가? 공허가

인생에 드리운다.
너무 깊고, 너무 끔찍한 충격,
그 힘은
지각된 세계를 평평하게 한다. 너는

동굴 가장자리에 있는 짐승이었다,
깨어나고 잠들기만 할 뿐. 그러다
미세한 변화가; 눈이

무언가에 사로잡혔다.
봄: 뜻밖에 범람해서
심연을 가득 채우는.

그리고 인생이
다시 채워진다. 그리고 마침내
모든 것을 위한 장소가
발견된다.

빈 잔

The Empty Glass

나는 많은 것을 요구했다; 나는 많은 것을 받았다.
나는 많은 것을 요구했다; 나는 거의 받지 못했다, 나는
거의 아무것도 받지 못했다.

그러면 그 사이엔? 실내에 펼쳐져 있는 우산 몇 개.
실수로 식탁 위에 놓인 신발 한 켤레.

아, 틀렸어, 틀렸어―그게 내 본성이다. 나는
딱딱하고 쌀쌀맞았다. 나는
이기적이고, 냉혹했다, 포악하다 싶을 만큼.

하지만 어린 시절에도 난 늘 그런 사람이었다.
조그맣고, 검은 머리에, 다른 아이들이 무서워했다.
나는 하나도 안 변했다. 유리잔 안, 행운이라는
그 추상적인 조수가
밤새 높은 곳에서 낮은 곳으로 바뀌었다.

그게 바다였나? 아마도,
천체의 힘에 반응하는 걸까? 안전을 위해,
나는 기도했다. 더 좋은 사람이 되려고 노력했다.

이윽고 이런 생각이 들었다 공포로 시작해서
도덕적 나르시시즘으로 숙성된 것이
실은 인간의 성장이었는지도
모르겠다는 생각. 어쩌면
내 친구들이 내 손을 잡으며
전하려 한 게 이런 뜻일지도 모르지,
그 학대를, 내가 수긍했던 그 끔찍한 지랄을
친구들은 이해하고 있다고,
그렇게 적게 받고 그렇게 많이 주는 게
내가 좀 아프다는 표시 아니겠냐고 (나도 한때 그리 생각했는데).
그러나 내 친구들은 (내 손을 세게 쥐면서) 내가 좋은 사람이라
했지―
좋은 친구이자 사람이라고, 파토스(비애)의 피조물이 아니라.

나는 불쌍하지 않아! 나는 뚜렷한 사람,
위대한 여왕이나 성자처럼.
글쎄, 그 모든 게 흥미로운 추측을 가능하게 하지.
그러다 든 생각, 중요한 건 노력을 믿는 것, 선한 의지가 있어야
*노력해 보는 것*이 가능하다고 믿는 것,
설득하거나 유혹하려는 부패한 충동이 이는 것과는 거리가 먼

그 오염되지 않은 선함을 믿는 것—

이게 없다면 우리는 무엇일까?
어두운 우주에서 소용돌이치며,
외롭고, 두렵고, 운명에 굴복한 채—

우리에게 정말 무엇이 있나?
사다리와 신발을 사용한 슬픈 속임수,
소금으로 속임수를 쓰고, 캐릭터를 구축하려고
불순한 동기로 반복되는 시도.
그 거대한 힘들을 달래려면 우린 무엇을 해야 하나?

이게 결국 아가멤논을 파멸시킨
바로 그 질문이지, 저기 해변에,
나갈 준비가 된 그리스 함선들과
고요한 항구 너머로 보이지 않는 바다, 미래는
치명적이고 불안정해: 미래를 움직일 수 있다고
생각하다니, 그는 바보였다. 그는 이렇게 말했어야 했다.
나는 아무 것도 없어요, 당신 자비에 저를 맡깁니다.

모과나무

Quince Tree

우리가 주제로 삼을 수 있는 건, 결국, 날씨뿐이었다.
다행히, 우린 사계절이 있는 세계에서 살았기에—
우리는, 여전히, 다양성에 열려 있다고 느꼈다:
어둠, 행복감, 다양한 종류의 기다림.

아마도, 진정한 의미에서, 우리의 교류는
대화라고 부를 수도 없는 것이었다,
합의와 반복이 지배적이었기에.

하지만 우리가 서로에 대한 감각도 없었고
세상에 대한 깊이 있는 반응도 없었다고
생각하는 건 틀렸다, 마찬가지로 우리 생활이
좁거나 공허했다 믿는 것도 틀렸다.

우리는 가진 게 너무너무 많았다.
사실, 우리는, 눈에 보이는 모든 걸 갖고 있었다.
우리가 먼 거리나 세세한 부분을
볼 수 없었던 것은 사실이지만,
우리는 우리가 분별할 수 있었던 것을
젊은이들은 상상도 못할 어떤 기갈(飢渴)과 함께

이해했다, 비록 모든 경험이 이 몇 가지 자각으로
수렴되었지만.

기억 없이 수렴된.
참조할 수 있는 과거를 우리는 상실했다,
이미지로서, 내러티브로서의 과거도 상실했다. 거기 무엇이 담겨
있었을까?
사랑이 있었나? 한때는, 지속되던 노동이
있었나? 아니면 명성, 그 비슷한 것이
있기라도 했던가?

결국, 우리는 물어볼 필요도 없었다. 왜냐하면
우리는 과거를 느꼈기 때문에; 어쨌거나,
이런 것들 안에서, 앞 잔디밭과 뒷 잔디밭에서,
과거는 거기 스며들어, 작은 모과나무에게
거의 견딜 수도 없는 무게와 의미를 부여했기에.

완전히 길을 잃었지만 이상하게도 살아 있는, 인간 존재라는 그
전부—
우리가 거기서 뭔가 움츠러들었거나 부분적인 느낌을 가졌다 생

각하면

그것도 틀렸다, 우리는

그 마당을 한 번도 떠나지 않았으니.

그 장엄과 광휘 속에서, 세상은

마침내 존재했던 것이다.

우리가 다음 이야기로 옮겨가야 할 때,

우리가 이야기하거나 암시했던 건 늘 이거였다.

날씨. 모과나무.

당신은, 당신 순수 안에서, 이 세상에 대해 뭘 알고 있는가?

여행자

The Traveler

나무 꼭대기엔 내가 바라던 것이 있었다.
다행히도 나는 책을 읽었으니:
내가 시험 중이란 걸 알았다.

아무것도 통하지 않을 거라는 것도 알았다—
그렇게나 높이 올라가지 않고, 과일을 억지로
떨어뜨리지도 않고. 세 결과 중 하나가 나와야 한다:
과일은 네가 상상했던 것이 아니거나,
과일이 있지만 만족스럽지 않거나.
혹은, 떨어지면서 상하거나
산산이 부서져서 너를 영원히 괴롭히거나.

하지만 나는 과일로
이기는 걸 거부했다. 나무 아래 서서
내 마음이 나를 구하기를 기다렸다.
과일이 썩은 후에도 오래 서 있었다.

여러 해 지나, 여행자 하나 내가 서 있던
곳을 지나가며 내게 따뜻하게 인사했다,
형제에게 인사하듯이. 그래서 이유를 물어보았다,

나는 그를 한 번도 본 적이 없는데
왜 그렇게 나를 친하게 대하는지?

그러자 그는 "내가 당신과 같아서 그래요,
그래서 당신을 알아볼 수 있지요. 난 모든 경험을
영적이거나 지적인 시련으로 받아들였어요
나보다 앞서 간 이들에게 내 우월함을
보여 주고 증명하는 거죠. 난 가설 속에서
사는 걸 택했어요; 갈망이 나를 지탱했고요.

사실, 내게 가장 필요했던 게 갈망이었어요, 그걸
당신은 정체에서 얻어 왔던 것 같아요
그런데 나는 변화에서, 출발에서 그걸 찾아왔어요."

수목원

Arboretum

우리에겐 나이 문제가, 더 머물고 싶은 문제가 있었다.
더 이상은 공을 세울 필요도 없다.
그저 머물고 싶다는 것: 여기, 여기 있고 싶다는 것뿐.

또 사물을 응시하되 진정한 열정은 없이.
둘러보기만 하고 아무것도 사지 않고.
하지만 그런 우리는 많았다; 시간을 잡아먹었고. 아이들과,
또 아이들 친구들과 복닥댔다. 우린 엄청 큰 피해를 끼쳤는데,
해를 끼칠 뜻은 없었다.

우리는 계속 계획을 세웠다; 망가진 것들을 고쳤다.
계속 수리하고 개선했다. 우린 여행을 하고, 정원을 가꾸었다.
또 굴하지 않고 나무와 다년생 식물을 계속 심었다.

세상에 대해선 별로 물어보지 않았다. 장광설을 늘어놓으며
충고하는 게 무례한 일이란 걸 우린 알았다. 우린 절제했다:
우리는 옳았고, 우리는 침묵했다.
하지만 우린 욕망을 완전히 다스릴 수 없었다.
우리 두 손이, 접혔고, 거기서 악취가 났다.

어째서 그렇게 많은 피해가 났을까, 우린 그저 앉아 지켜보기만
하고,
날씨 좋은 날엔, 공원이나 수목원 땅을 산책하거나
공공 도서관 앞 벤치에 앉아 종이봉투에서
꺼낸 모이를 비둘기에게 주었을 뿐인데?

우리가 옳았지만, 욕망이 우리를 쫓아다녔다.
거대한 힘처럼, 하나의 신이. 또 젊은이들은
기분이 상했다; 젊은이들의 마음은
반작용으로 차갑게 변했다. 우리는 세상에

아주 작은 몫을 청했다; 작은 것들이 우리에겐
엄청난 재산인 것 같았다. 수목원에서 이른 장미 향기를
한 번 더 맡는 것: 우리는 너무 적게 바랬고,
우리는 어떤 것에도 권리를 청하지 않았다. 그런데도 젊은이들은
시들시들 말라갔다.

젊은이들은 수목원의 돌이 되어 버렸다: 마치
우리가 계속 존재하면서 오랜 세월 그렇게나 적게 바란 게
우리가 모든 걸 바란 걸 의미하는 듯.

욕망의 꿈

Dream of Lust

그런 밤들 지나고, 하루:
마음이 충실히, 깨어나, 슬리퍼를 신는다,
그러면 넋은 보채면서, 중얼댄다,
차라리, 차라리 내가―

어디서 왔을까,
그토록 불현듯, 그토록 사나운,
예상 못한 동물은? 누구였나
그 수수께끼 같은 형상은?
당신은 엄청 젊네요, 나는 그에게 말했다.

낮은 고요하고, 아름답고, 관심을 기대한다.
밤은 산만하고 금지되어 있다―
그리고 나는 돌아올 수 없다,
정보를 얻기 위해서라도.

피어난 장미들, 펜스테몬꽃, 다람쥐들은
그 순간에 빠져 있다.
갑자기 나는 여기에 사는 게 아니라 불가해 속에 산다.

그는 이상하게 나무처럼 겁이 많았는데
그게 에로틱한 우아함이 되었다.

그건 내가 생각했던 것이고, 내가 생각했던 것이 아니다:
세상은 내 세상이 아니다, 인간의 몸은
교착 상태, 어떤 장애물을 만든다.

어설프게, 청바지를 입고, 갑자기
가장 놀라운 일들을 한다,
마치 전적으로 그의 아이디어인 것처럼―

하지만 나중에, 끝없는 시간의 끝에서:
커피와 검은 빵, 지금 저 멀리서
계속되고 있는 예식들―

인간의 몸은 하나의 강박이고, 하나의 자석,
고집스레 매달리는
꿈 그 자체, 어쩔 수 없이
영혼은 그걸 놓아 주고―

세상을 잃어버리는 건
그래도 아무 가치 없다.

은총

Grace

그 시절, 우리는 배웠다,
행운에 대해 절대로 말하지 말라고.
말하지도 말고, 느끼지도 말라고—
어린아이가 상상할 수 있는
가장 작은 단계였다.

하지만 예외가 있었으니,
믿음의 언어였다;
하나의 예방책으로
우리는 이 언어의 기초를 배웠다.

세상에서 거만하게 말하지 말고
겸손하게, 사적으로, 경의를 표하며 말하라고—

우리 선생님들이 쓴 그토록 강력한 단어들!
치욕과 처벌: 많은 우리들로 하여금
성스런 존재 앞에서도, 입도 벙긋 못 하게 한.

우리의 말은, 변화무쌍한 잔혹에 맞서서
슬픔 속에 길어 올린 목소리였다.

우리의 말은 어두운 도서관, 고통에 관한
논문들이었다. 어둠 속에서, 우리는 서로를 알아봤고;
서로를 응시하면서 우린 서로를 보았다,
말로는 결코 명징하게 표현 못할 경험.

그토록 기적적인 것, 숭고하고 과분한 것;
아침에 한 번 더 깨어나는 것만으로도 안도감을 느꼈다―
노년이 거의 시작된 지금에 와서야,
우리는 감히 그것들을 말하거나, 아주 작은 기쁨까지도,
힘 있게 고백할 수 있다. 어쨌든, 점점 그것들이
사라지고 있다: 이걸 아는 게 은총이 되는
인생들이 우리에게서 사라지고 있다.

우화

Fable

날이 포근해지고, 눈이 녹았다.
눈이 녹고, 그 자리에
이른 봄꽃들:
모래지치꽃, 치오노독사(눈의 영광)꽃. 대지가
실수로 파랗게 변했다.

다급함, 다급함이 너무 많았다.

변화하려고, 과거에서 벗어나려고.

춥고 겨울이었다:
나는 내 인생에 화들짝 놀랐다―

그러다 봄이었고, 지구는
눈이 확 뜨이는 파란 색으로 변했다.

날이 포근해지고, 눈이 녹았다―
봄이 눈을 앞질렀다.
그리고 여름이 왔다. 그리고 시간이 멈췄다
우리가 기다림을 멈추었기에.

그리고 여름이 계속되었다. 여름은 계속되었다
우리가 행복했기에.

날이 포근해지고, 과거가
친절해지려고
돌아오는 것처럼,
어떤 영원의 형식처럼.

그러다 꿈이 끝났다. 영원이 시작되었다.

행복의 뮤즈

The Muse of Happiness

창문이 닫히고, 해가 떠오른다.
새들 지저귀는 소리;
가벼운 습기가 얇게 덮인 정원.
거창한 희망의 불안감이
갑자기 사라졌다.
심장이 아직도 쿵쿵거린다.

수천 개의 작은 희망들 꿈틀거린다,
새롭지는 않지만 새롭게 인식되었다.
살뜰히 살피고, 친구들과 저녁을 먹고.
또 어른들이 해야 하는
일들을 짜임새 있게 짜고.

집은 깨끗하고 조용하다.
쓰레기를 밖으로 버릴 필요도 없다.

그것은 왕국, 상상의 행위가 아니라:
고요한 이른 시간,
펜스테몬꽃의 하얀 꽃봉오리들 열리고.

결국 우리가 충분히 쓰라리게
대가를 치른 것일까?
그런 희생이 꼭 필요한 것은 아니다,
그 불안과 공포는 충분한 판정을 받은 걸까?

다람쥐 한 마리 입에 빵 부스러기를 물고
전선을 따라 달린다.

그리고 어둠은 계절에 의해 지연되고.
그래서 아마도
더 이상 두려워하지 않는 것이
위대한 선물의 일환인 것 같아.

하루가 펼쳐진다, 그래도 아주 서서히, 고독은
무섭지 않고, 변화들은 희미하게,
거의 감지되지 않는다—

펜스테몬꽃이 열리고.
그 꽃이 최후까지 해 내는 것을
볼 가능성.

잘 익은 복숭아

Ripe Peach

1.
그런 때가 있었다,
확실성만이 내게
기쁨을 준 적이. 상상해 보라—
확실성, 죽은 것.

2.
그런 다음 세상이,
실험이.
사랑에 굶주린
음란한 입—
그건 사랑과 같아:
그처럼 갑작스럽고, 단단한
끝이라는 확실성—

3.
마음 한가운데에,
그 단단한 구덩이,

그 결론이. 마치
과일 자체는
결코 존재하지 않은 것처럼,
다만 끝,
기대와 그리움
사이 중간 지점—

4.
너무 많은 두려움.
물리적 세계에 대한 너무 많은 공포.
정신은 혼이 나갔다
지나가는 것, 일시적인 것에서
몸을 지키려고
그에 맞서 안간힘쓰는 몸을 지키려고—

5.
식탁 위의 복숭아 하나.
복제품. 그것은 지구다,

똑같이
사라지는 단맛
돌의 끝을 둘러싸고,
그리고 지구처럼
이용 가능해—

6.
행복을 위한
어떤 기회: 우리는
지구를 소유할 수 없다
다만 경험뿐—그리고 지금은
감각: 정신은
과일 때문에 침묵하고—

7.
그들은
화해한 것이 아니다. 몸이
여기에 있고, 정신은

분리되었다, 단순한
관리인이 아니라:
정신은 별도의 기쁨들이 있다.
그건 밤하늘이다,
가장 격렬한 별들은 정신의
흠 잡을 데 없는 탁월함이다—

8.
살아남을 수 있을까?
종말보다 오래 사는 빛이 있는가,
그 끝에선 정신의 사업이
계속 사는데: 과일 그릇 위로
방을 쏜살같이 날아가는
생각—

9.
오십 년. 밤하늘이
유성(流星)으로 가득하다.

빛, 음악
멀리서—나 거의
사라졌나 보다. 나
돌이 되었나 보다, 지구가
나를 둘러싸고 있으니—

10.
복숭아 하나 있었다
고리버들 바구니 안에.
과일 한 그릇 있었다.
오십 년. 문에서 식탁까지
그토록 긴 산책.

색칠 안 된 문

Unpainted Door

마침내, 중년이 되어,
나 어린 시절로 돌아가고만 싶다.

집은 똑같았지만
문은 달랐다.
더 이상 붉은색이 아니고—색칠이 안 된 나무였다.
나무들도 똑같았다: 나무, 너도밤나무.
하지만 사람들은—옛날에 살던 사람들은 모두—
가 버렸다: 잃어버렸거나, 죽었거나, 이사를 갔다.
길 건너편에서 온 아이들은
노인들과 여자들.

태양은 똑같았고, 잔디밭은
여름엔 갈색으로 바싹 말라 있다.
하지만 현재는 낯선 사람들로 가득했다.

그리고 어떤 면에서는 다 정확히 맞다,
정확히 내가 기억하는대로: 집, 거리,
번영하는 마을—

되찾거나 다시 들어가기 위한 게 아니라
침묵과 거리를
시간의 거리, 장소의 거리를
상상과 꿈의 정확함을 당혹하게 하면서—

다른 곳에 있기를 오래 바랐던 내 어린 시절을 기억해.
여기가 바로 그 집이다: 내가 생각했던
그 어린 시절이 틀림없다.

유사 분열

Mitosis

아무도 진짜로 그들을 기억하지 않는다.
분열되지 않았다고. 그가 그렇다고 말하는 사람은 모두—
그 사람이 거짓말을 하는 거다.

아무도 기억 못 한다. 어떻든
모두가 안다:

처음에 그들은, 똑같이, 솔직했다,
직통 길에 전념하고.
끝에 가선, 몸만 계속
확고하게 앞으로 움직였다, 살아남으려면,
그래야만 했기에.

하지만 어느 순간 마음이 머뭇거렸다.
바다에서 더 많은 시간을, 들판에서 야생화를 채집하며
더 시간을 보내고 싶어 했다. 마음은
더 많은 밤을 자기 침대에서 자고 싶어 했다; 마음은
자기만의 조명과 좋아하는 음료를 원했다.
그리고 더 많은 아침을— 마음은 가능한 한
이 많은 것들을 원했다. 첫 빛을

더 많이 받기를, 피어나는 펜스테몬 꽃, 저녁 보석들이
아직도 빼곡한 알케밀라, 아직도
마음에 매달리는 밤비.

그리고 더 근본적으로는 마음은 돌아가고 싶었다.
그 전체 소절을 다만 반복하고 싶었다,
바이올린이 조금만 더 부드럽고, 경쾌했더라면
하고 느끼는, 환희에 찬 지휘자처럼.

그리고 이 모든 걸 통해, 몸은
화살의 경로처럼 계속 간다,
살기 위해선, 그래야 하기에.

만약 그게 끝까지 간다는 의미라면
(마음은 화살촉처럼 묻혀 있고), 무슨 선택이 있겠나,
미래의 꿈 말고 무슨 꿈이 있겠나?

무한한 세계! 시야는 맑고, 구름들 떠올랐다.
물은 푸르고, 바다 식물은 산호초 사이로
수그리며 한숨 쉰다, 우울한 인어들은

모두 갑자기 천사가 되고, 천사처럼 보인다.
열린 바다 위로 떠오르는 음악—

마음의 꿈과 똑같다.
똑같은 바다, 똑같이 반짝이는 들판.
과일 접시, 똑같은
바이올린 (과거와 미래 속에서) 그러나
이제 더 부드럽고, 마침내
충분히 슬프다.

에로스

Eros

비를 보려고, 나는 호텔 창문으로 의자를 끌어당겼다.

나는 꿈이나 황홀경에 빠져 있었다―
사랑 속에, 하지만
나는 아무것도 원하지 않았다.

당신을 만지는 것도, 다시 보는 것도 불필요한 것 같았다.
이것만 원했다:
방, 의자, 떨어지는 빗소리,
봄밤의 온기 속에서. 한 시간 또 한 시간.

나는 더는 아무것도 필요하지 않았고, 완전히 만족했다.
내 심장이 작아졌다; 그걸 채우려면 필요한 게 거의 없었다.
어두워진 도시 위로 굵은 빗줄기가 내리는 걸 바라보았다.

당신은 걱정이 안 되는 사람; 당신이
내키는 삶의 방식으로 살게 할 수 있었다.

새벽이 되자 비가 그쳤다. 나는 사람이 대낮에
하는 일들을 했다, 나는 능력을 발휘했다,

그러나 나는 몽유병 환자처럼 움직였다.

그걸로 충분했고 당신과는 아무 관련이 없었다.
낯선 도시에서의 며칠.
대화, 손을 만지고.
그리고 그 후에, 나는 내 결혼반지를 벗었다.

그게 내가 원했던 것이다: 아무것도 걸치지 않는 것.

계략

The Ruse

그들은 멀리 떨어져 앉았다
일부러, 매일, 먼 거리를 건너
서로를 보는 다정함을
경험하려고. 그들은 이해했다

본능적으로 에로틱한 열정이
멀리서 솟구친다, 진짜든.
(하나는 결혼했고, 하나는
더 이상 다른 사람을 사랑하지 않는다) 아니면
가짜이고, 기만이든, 아니면

열정이 사회적 관습에 종속되는 걸
모방하는 어떤 계략이든,
다만 계략이라서, 관습의 힘이
아니라 오히려

객관적인 현실을 파괴하는
에로스의 힘. 세상, 시간, 거리—
시선의 불 앞에서
메마른 들판처럼 시들고—

전엔 그렇지 않았다. 다른 누구와도.
그리고 눈 다음에 손이 있어.
영광으로, 봉헌으로 경험되는—

달콤하다. 그토록 많은 세월 후에,
전혀 상상할 수 없이.
전엔 절대 그렇지 않았다. 다른 누구와도.
그리고는 다른 누군가와 모든 것이
정확히 되풀이되었다.
마침내 분명해질 때까지
유일하게 변하지 않는 건
거리라는 것, 필요의 하인이라는 것이.
우리 각자 안에 어떤 불이 타오르건
그걸 지탱하게 하는 데 쓰였던 것.
우리 각자 안에 어떤 불이 타오르건
그걸 지탱하게 하는 데 쓰였던 것.

눈과 손은—우리가 믿었던 것보다
덜 중요했다. 결국
거리만으로 충분했다. 그 자체로.

시간

Time

늘, 너무 많았다가, 너무 적었다.
어린 시절: 병.
내 침대 옆에는 작은 종이 있었다―
종의 반대쪽 끝에는, 엄마가.

병, 회색 비. 개들은 줄곧 잠을 잤다. 침대에서 계속 잤다,
그 끄트머리에서, 내가 보기에 개들은 어린 시절이
뭔지를 아는 것 같았다: 무의식적으로 있는 게 최고였다.

비는 창문에 회색 널들을 만들었다.
나는 작은 종을 내 옆에 두고서 책을 들고 앉았다.
목소리를 듣지 못한 채, 나는 목소리에 귀를 기울였다.
영혼의 어떤 신호도 보지 못한 채, 나는 결심했다.
영혼으로 살기로.

비가 오락가락했다가 그쳤다.
한 달 또 한 달, 하루라는 공간 속에서.
일은 꿈이 되었고, 꿈은 일이 되었다.

그러다 나는 건강해졌다; 종은 찬장으로 돌아갔다.

비가 그쳤다. 개들이 문 앞에 서서,
밖에 나가려고 할딱거렸다.

나는 건강해졌고 그러다 나는 어른이 되었다.
그리고 시간이 흘렀다―시간은 비와 같았다,
너무 많았다, 너무 많았다, 시간은 움직일 수 없는 무게였다.

난 어린아이였고 반은 잠들어 있었다.
나는 아팠고, 나는 보호받고 있었다.
그리고 나는 영혼의 세계에서 살았다,
회색 비의 세계에서,
잃어버린 것, 기억되는 것의 세계에서.

그러다 갑자기 해가 빛나고 있었다.
그리고 시간은 계속 흘렀다, 남은 것이 거의 없을 때에도.
그리고 지각된 것은 기억된 것이 되었다,
기억된 것, 지각된 것이.

회고록

Memoir

나는 조심스런 기질을 타고 났다 황소자리 밑에서.
나는 섬에서 자랐다, 번창하는 섬,
20세기 후반에;
홀로코스트의 그림자는
우리를 거의 건드리지 않았다.

내겐 사랑에 대한 철학, 종교에 대한
철학이 있는데, 둘 다 가족 안에서
어린 날의 경험에 기반한다.

또 글을 쓸 때 내가 만약 몇 단어만 사용했다면
그건 시간이 늘 짧게 느껴졌기 때문이다
시간이 언제라도
벗겨질 수 있는 것처럼 말이다.

어쨌든 내 이야기는 특별하지 않았다,
다른 이들처럼, 비록 내게도 이야기가
어떤 관점이 있지만 말이다.

내게 필요한 것은 다만 몇 단어였다:

키우다, 지탱하다, 공격하다.

성녀 조앤

Saint Joan

내가 일곱 살 때, 나는 환상을 봤다:
내가 죽을 거라고 나는 믿었다. 나는 죽을 거야
열 살에 소아마비로. 나는 내 죽음을 봤다:
그것은 비전이자 통찰이었다—
그것은 프랑스를 구하는, 조앤의 비전이었다.

나는 너무너무 슬펐다. 지구를
속였고, 어린 시절 전부를
속였고, 절대 드러나지 않을
내 마음 속 위대한 꿈들을 속였다.

누구도 이중 어떤 것도 알지 못했다.
그리고 나는 살았다.

내가 불에 타 죽었어야 할 때도
나는 계속 살아 있었다:
나는 조앤이었고, 나는 나사로였다.

어린 날의 독백,
사춘기의 독백.

나는 나사로였고, 세상이 내게 다시 주어졌다.
매일 밤 나는 침대에 누워, 발견되기를 기다렸다.
그리고 목소리들이 돌아왔다, 하지만 세상은
물러나기를 거부했다.

잠에서 깨어, 나는 귀를 기울였다.
오십 년 전, 어린 시절에.
그리고 물론 지금도.
내게 말하는 그게 뭐였더라? 죽음
에 대한 공포, 점차적인 상실에 대한 공포;
신부의 흰 드레스에 깃든 병에 대한 공포―

일곱 살 때 나는, 내가 죽을 거라고 믿었다:
날짜만 틀렸을 뿐. 나는 들었다
내 몸에서 일어나는
어두운 예언을.

나는 너에게 기회를 줬다.
나는 너의 말을 들었고, 나는 너를 믿었다.
다시는 네가 나를 갖지 못하게 할 것이다.

새벽의 노래

Aubade

어느 여름이 있었다
여러 번 되돌아온 여름이었다
여러 형태를 취하며
피어난 꽃 한 송이 있었다

수레박하의 진홍색, 늦장미들의 옅은 금색

한 사랑이 있었다
한 사랑이 있었다, 많은 밤들이 있었다

고광나무 내음
재스민과 백합의 회랑
아직도 바람이 불었다

많은 겨울이 있었지만 나는 눈을 감았다
녹아내린 날개로 하얗고 차가운 공기

눈이 녹을 때 정원이 하나 있었다
하늘색과 흰색; 사랑과 고독을
나는 구분할 수 없었다—

한 사랑이 있었다; 그는 많은 목소리를 가졌다
한 새벽이 있었다; 때로
우리는 그걸 함께 보았다

내가 여기 있었다
내가 여기 있었다

한 여름이 계속 되돌아왔다
한 새벽이 있었다
지켜보며 나는 늙어 갔다

베란다가 있는 현관

Screened Porch

별들은 어리석었다, 별들은 기다려 줄 가치가 없었다.
달은 수의로 가려져, 파편이었다.
유사(流沙) 같은 황혼이 언덕을 덮었다.
인간 삶의 위대한 드라마는 어디에도 눈에 띄지 않았다—
그게 아니라면, 너는 자연으로 갈 필요가 없다.

인간의 생이라는 끔찍하고 참혹한 이야기,
사랑의 열렬한 환희: 그들은 그 여름밤,
언덕들과 별들의 파노라마에 속하지 않는다.

우리는 테라스에, 베란다 있는 현관에 앉았다,
마치 지금이라도 새로운 정보나 연민을
모으길 기대한 것처럼. 별들은
풍경 위로 조금 반짝였다, 언덕들은
희미하게 돌아가는 빛으로 고요히 스며들었다.
어둠. 빛나는 지구. 우린 밖을 바라봤다, 지식에 굶주렸고,
또 우리는, 그 자리에 뭔가 다른 것이 들어왔다 느꼈다:
상냥한 듯 보이는 무관심.

자연 세계의 위안. 영원한

것들의 파노라마. 별들은
바보 같았지만, 어쩐지 위로가 되었다. 달은
곡선으로 드러났다.
우리는 우리에게 필요한 자질들을
그 빛나는 언덕에 계속 투영했다: 인내, 영적인
발전을 위한 그 잠재력을.

시간에 대한, 변화에 대한 면역력. 완벽한
안전함의 감각, 우리가 사랑한 것으로부터
보호받고 있다는 느낌—

또 우리의 간절한 필요는 밤에 흡수되어
자양분으로 되돌아왔다.

여름 밤

Summer Night

정연하게, 또 오랜 습관으로, 내 심장은 여전히 뛰고 있다.
밤에, 잠에서 깨면, 에어컨 잔잔한 소리 위로 그 소리가 들린다.
사랑하는 사람의 심장 위로, 혹은 여럿이 있었기에
다양한 심장들 위로, 나는 그 소리를 듣곤 했던 것이다.
심장이 뛰면, 우스꽝스러운 감정도 계속 요동친다.

한 번도 보내지 못한 그 많은 열정적인 편지들!
여름밤에 상상했던 그 많은 다급한 여행들,
잘 알지도 못하는 남자들을 갑자기 방문한 일들.
구매되지 않은 티켓들, 붙이지 않은 우표들.
자존심은 아껴 두었다. 어떤 점에서는, 결코 다 살지 못한 인생.
또 예술은 늘 점점 더 반복될 위험에 처해 있고.

왜 안 돼? 왜 안 돼? 왜 내 시들이 내 인생을 모방하지 않아야 하지?
내 인생의 교훈은 신격화가 아니라 패턴이고, 내 인생의 의미는
제스처에 있는 것이 아니라 관성에, 몽상에 있다.

욕망, 외로움, 꽃 핀 아몬드나무에 부는 바람—
분명 이것들은 앞선 시인들이 열심히 갈고 닦은

위대하고 무궁무진한 주제들이다. 이것들이
관습으로 위장한 채, 내 마음 안에서 메아리치는 소리가 들린다.

여름밤의 위안, 일상의 위안,
인간 존재의 당당한 기쁨과 슬픔,
살아 낸 이들, 꿈꾸었던 존재의 당당한 기쁨과 슬픔—
죽음이 가까워지면 이보다 더 애틋한 것이 무엇이겠는가?

우화

Fable

그러다 나는 아래를 내려다봤다 그리고 보았다
내가 들어갈 그 세상, 그게 바로 내 집이 될 것이다.
동행하는 이를 돌아보며 내가 물었다, *여기가 어디지요?*
그러자 그가 대답했다 *열반(涅槃).*
그러자 내가 다시 말했다 *하지만 빛은 우리에게 평화를 주지 않*
을 거예요.

시공사에서 만나는
루이즈 글릭 시집들

맏이

루이즈 글릭
데뷔작

습지 위의 집

문단의 찬사를 받은
두 번째 시집

내려오는 모습

신화적 요소가
두드러지는 시 세계

아킬레우스의 승리

전미 비평가상

아라라트 산

글릭의 시선으로 맞춰지는
세계의 균형

야생 붓꽃

퓰리처상

"꾸밈없는 아름다움으로 개인의 존재를 보편화하는
분명한 시적 목소리를 낸 작가."
_ 한림원

목초지

가족 안에서 경험하는
감정의 파고

새로운 생

계속 나아가려는 강인함이
드러나는 시집

아베르노

PEN
뉴잉글랜드상

시골 생활

비관과 기쁨을 오가는
삶을 이야기한 시집

신실하고 고결한 밤

전미도서상

협동 농장의 겨울 요리법

노벨문학상 이후
첫 시집

일곱 시절

초판 1쇄 인쇄일 2023년 12월 4일
초판 1쇄 발행일 2023년 12월 14일

지은이 루이즈 글릭
옮긴이 정은귀

발행인 윤호권
사업총괄 정유한

편집 구민준 **디자인** 김효정 **마케팅** 정재영 명인수 윤아림 김솔희 이아연 김진규
발행처 ㈜시공사 **주소** 서울시 성동구 상원1길 22, 7-8층(우편번호 04779)
대표전화 02-3486-6877 **팩스(주문)** 02-585-1755
홈페이지 www.sigongsa.com / www.sigongjunior.com

글 ⓒ 루이즈 글릭, 2023

ISBN 979-11-7125-208-4 03840

*시공사는 시공간을 넘는 무한한 콘텐츠 세상을 만듭니다.
*시공사는 더 나은 내일을 함께 만들 여러분의 소중한 의견을 기다립니다.
*잘못 만들어진 책은 구입하신 곳에서 바꾸어 드립니다.

글릭의 아홉 번째 시집,《일곱 시절》은 1999년《새로운 생》이 나온 후 2년 뒤에 출간되었다. 꾸준히 시를 쓰고 시집과 시집 사이 대략 5년 정도의 시간차로 새 시집이 나온 그간의 이력을 생각하면 좀 짧은 시간차다. 1968년 첫 시집《만이》를 낸 후에 극심한 침체기를 겪은 글릭은 두 번째 시집《습지 위의 집》을 7년 뒤, 1975년에 낸다. 이후《내려오는 모습》과《아킬레우스의 승리》,《아라라트 산》이 각각 5년의 시차를 두고 나왔고, 바로 2년 후《야생 붓꽃》으로 시인은 퓰리처상을 받는다. 그 다음 시집《목초지》가 1996년에 나오고《새로운 생》이 1999년에 나왔고 뒤이어 2001년에《일곱 시절》이 나왔으니,《아라라트 산》과《야생 붓꽃》사이 또《새로운 생》과《일곱 시절》사이 2년이라는 밭은 시차가 있다. 시인은 한 인터뷰에서 늘 시를 쓴다고 말했으니 크게 놀라운 일은 아니지만, 이때 무슨 일이 있었던 것일까?《일곱 시절》은《새로운 생》이 나온 그해 1999년에 여름 10주 동안에 집중적으로 쓴 시집이라고 한다.

　　44편의 시로 이루어진 이 시집은 뒤로 갈수록 편안한 이야기체의 시가 많은데, 첫 시, 이 시집의 표제 시〈일곱 시절〉은 다소 암호 같은 꿈 이야기로 시작한다. "내 첫 번째 꿈에, 그 세상이 나타났다 / 소금, 쓰디쓴 것, 금지된 것, 달콤한 것 / 내 두 번째 꿈에 나는 내려갔다" 여기서 나는 인간이다. 그것도 첫 인간, 에덴동산이 생기기도 전, 지구가 아주 작은 먼지에 불과할 때 이 세상에 도착한 인간 이야기다. SF도 아닌데 기묘한 상상으로 시작하는 시는 이 세상에 온 첫 인간, 이 세상에 와 인간이 되어 가는 짐승의 이야기다. 지구에 내려앉아 일을 하고 사랑을 하고 세상을 보는 이야기. 이 황량한 세상에서 나는 만지고 사랑하고 소유하려고 한다. "다시는 오지 않을 시간" 속에서 사랑하는 대상은 사람이기도 하고 세상이기도 하리라.

시는 이 세상에 내려오는 인간의 이야기, 빌고 빌어서 이 세상에 내려와 이 세상을 만지고 갖는 인간의 이야기다. 일하고 농사짓는 인간, 사랑하는 인간, 되는대로 하는 사랑을 에로틱한 자유라 부르는 인간, 그가 만지는 사람, 그가 만지는 세상은 쓰리고 가혹하다. 그렇게 시의 화자는 다른 이들처럼 일하고 사랑하고, 사랑하고 일하다가 다른 이들처럼 잡고 또 잡힌다.

나는 꿈을 꾸었고

나는 배신당했다:

꿈속에서 지구가 내게 주어졌다
꿈속에서 나는 그걸 가졌다.

-〈일곱 시절〉 부분

우주적인 상상력인 듯, 동화인 듯, 알 듯 모르듯 시작한 이 시는 시의 마지막에 이르러 여전히 꿈속에서 조우하는 지구와 나의 이야기다. 그렇다면 이 이야기는 내가 이 세상에 온 이야기다. 그런데 생각해 보자. 세상은 내가 오기 전부터 훨씬 전부터 있었다. 또 이 세상은 내가 떠난 이후에도 계속될 것이다. 이 세계는 계속해서 변하고 또 변할 것이다. 나라는 무수한 인간을 맞고 또 보내면서. 이 냉엄한 현실. 하지만 시인의 상상력을 빌어서 이야기하면 그런 세상은 결국 내가 옴으로써, 나의 꿈 안에서 비로소 시작된다. 내가 없는 세상은 없으니까. 이 세계는 나와 더불어, 내 꿈에서 시작한다.

그러니까 이 시 〈일곱 시절〉은 결국 나의 인생, 내 삶의 이야기가 된다. 그리고 시집은 다음 시, 〈감각적인 세상〉으로 넘어간다. 마치 이 세상에 최초의 인간으로 온 아담과 이브처럼, 무시무시한 강과 협곡이 있는 세상, 땅의 유혹과 배신들, 그리고 바로 할머니의 부엌, 내가 세상에 와서 처음 맛본 달콤한 과일 조림들. 차고 단 주스들. 여름 과일의 그 달콤한 향내. 나조차도 잊어버린 듯 아슬하게 기억되는 그 옛날 태초의 맛, 내가 처음 경험한 세상의 유혹. 할머니의 부엌에서 맛보는 과일 조림과 주스는 이 세계에서 우리가 경험하게 될 여러 종류의 감각들의 세계다.

그를 통해 우리 자신은 "온전히 드러나고, 깨어나고, 온전히 살아나"게 될 것이다. 하지만 그 감각에 우리는 동시에 종속된다. "너는 절대로 놓지 않을 거고, 절대로 만족하지 않겠지 / 너는 상처 받고 흉터가 남을 거고, 계속 갈구하겠지"라고 예감하는 것은 그런 이유다. 우리를 달콤하게 한 바로 그것들로 우리는 상처 받는다. 상처를 받음에도 계속 더 바라고, 그 달디 단 향내 속에서 우리 몸은 늙어간다. "너의 몸은 늙어갈 거고, 너는 계속 더 원하겠지"

이 두 편의 시를 읽으면서 우리는 알게 된다. 인생의 숨은 비의를, 우리를 키운 것이 우리의 늙음을 인도할 것이고, 우리를 달콤하게 만족시킨 것이 우리에게 상처를 줄 것이란 것을. 우리의 욕망은 어느 부분 적절히 충족되고 거기서 멈추는 것이 아니라 더 이상의 것을 원하면서 끝없이 달음질친다고, 우리를 살아 있게 한 어떤 의미가, 어떤 숭고가, 어떤 기대가 우리를 배신하고 우리를 죽게 할 것이라는 이 무시무시한 예언. 첫 시에서 이상한 꿈으로 이 세계에 발을 내디딘 인간의 이야기를 전하는 시인은, 두 번째 시의 말미에 이미 예언자가 된다. 어린 날 가장 행복했던 어느 여름 하루, 할머니집 부엌의 과일 향을 음미하던 시인은 어느새 카산드라가 되어서 우리 인생을 훤히 내려다보고 있다. 시인은 정말 예언자가 된 것인가.

고전에 익숙한 사람들은 이쯤에서 짐작할 지도 모르겠다. '일곱 시절'의 의미를. 윌리엄 셰익스피어(William Shakespeare, 1564~1616)의 5대 희극 중 하나인 《당신 좋으실 대로》(As You Like It)에서 바로 이 일곱 시절이 나온다.

이 세상은 전부 다 하나의 무대.
세상의 모든 남자와 여자는 배우.
각자가 다 입구가 있고 출구가 있지.
한 사람이 생전에 여러 역을 맡는데,
그 역할은 일곱 시절이라. 처음엔 갓난쟁이,
유모 품에 안겨 침 흘리며 칭얼거리네.
다음은 궁시렁거리는 학생, 책가방 둘러메고
반짝이는 아침 얼굴로 느릿느릿 마지못해
학교로 가네. 다음은 연인,
용광로처럼 한숨 쉬며, 애인의 눈썹을
찬양하는 서글픈 시를 읊네, 그리곤 군인,
표범 같은 수염 하고선 생소한 서약 늘어놓고
명예욕에 불타 성급하게 싸움에 뛰어들고
대포의 입 앞에서 물거품 명성을 좇네, 다음은 법관,
두둑한 뇌물로 배엔 살이 뒤룩뒤룩
매서운 눈초리에 말쑥한 수염 과시하며
유식한 문구와 최근 판례를 줄줄이 외며
자기 역할을 연기하네, 여섯 번째 시절은
슬리퍼 신은 수척한 노인으로 바뀌지

콧잔등에 안경 걸치고 허리엔 돈주머니
젊을 때 아껴 둔 바지는 가늘어진 정강이에
너무 헐렁한 세계, 남자답게 큰 목소리는
다시 아이 목소리 되어 피리 소리
휘파람 소리 같아. 마지막 장면은
이 이상한 파란만장 역사를 끝내는 역할은
두 번째 유년기라 다만 망각일 뿐,
이도 없고 눈도 없고 맛도 없고 모든 것 없네.

–셰익스피어, 《당신 좋으실 대로》

《뜻대로 하세요》로도 번역되어 읽히는 셰익스피어의 이 작품을 오랜만에 다시 찾아보았다. 이 세상의 위협적인 현실을 피해서 아든 숲으로 모여든 청춘 남녀의 이야기. 사랑에 빠지고 결혼에 이르는 그 낭만적인 사랑 이야기 속에 권력과 재산을 두고 벌이는 온갖 암투와 갈등이 그려진다. 2막 7장에서 추방당한 공작을 모시는 언변 좋은 신하 자크 키스(Jaques)가 세상 일에 환멸을 느끼며 하는 대사다. 번역은 이번에 읽으면서 직접 했다. 이 대사를 보면, 글릭이 여름 한 계절 동안 집중적으로 쓴 시집의 전체 그림이 잘 보일 것이다.

이 시집을 두고 한 비평가는 가장 이상적이고, 가장 대담한 시집으로 평가한다. 그 이유는 몽환적인 꿈과 현실의 사실 세계를 적절히 섞어서 이해하기 쉬운 일상의 언어로, 하지만 이해를 두텁게 하는 뭉근한 암시들을 섞은 시들이 영국의 위대한 시인 윌리엄 블레이크(William Blake, 1757~1827)를 연상케 하는 어떤 예지력을 갖고 있다고 보았기 때문이다. 한 점 먼지 같은 이 세상에 마치 첫 인간인 듯 도착한 인간, 시인 글릭, 그의 시를 읽는 나, 그리고 시의 독자인 당신, 시인 글릭은 탄생에서 죽음을 내려 보면서, 죽음으로 가는 그 무수한 시간의 결들을 하나하나 파헤쳐 들여다본다. 차분히, 냉정하게 죽음을 응시하는 그의 작업은 하루하루를 돌아보는 무한 반복이고 무한 중첩이다.

삶과 죽음의 문제는 많은 시인들이 늘 고투하는 익숙한 주제지만, 시인의 뛰어남은 이를 어떤 질료로 잇고, 만지는가에 달려 있다. 똑같은 언어라 하더라도 시의 형식이 낱낱이 다른 것은 그런 이유다. 시인에게 시의 질료는 무엇일까? 시의 질료는 경험이고, 언어이고, 그 언어를 엮고 잇게 만드는 어떤 계기일 것이다. 시인은 평소 익숙한 시선으로는 전혀 상상하지 못한 그 평범한 질료들을 가지고 어느 순간 진실된 삶의 예각을 포착해 낸다. 그 진실은 붙잡을 수 없이 지나는 이 시간의 일이다. 태어나는 순간, 죽음으로 향하는 인간의 일. 시인은 삶이라는 질료가 언어 안에서 빚어지는 그 기묘한 만남의 순간을 예술이 드러낼 수 있는 위대한 지점으로 보았다.

《일곱 시절》은《아라라트 산》처럼 가정 생활 속에서 가족의 이야기가 많이 드러난다. 하루하루 엮어 나가는 일상의 즐거움, 절대 양보하지 않는 자매의 기 싸움, 사랑을 두고 다투는 일, 맛의 향연, 사랑하고 아파하는 모든 움직임. 부엌에서 달그락 들리는 엄마 소리, 로즈마리 냄새, 양고기 냄새, 만들어지는 세상, 이동하는 세상, 변화하는 세상, 세상의 지각 변동, 끝도 없는 이야기. 죽어야 끝이 나는 이야기. 그 이야기들은 하나하나 우리가 잊고 있던 우리의 지난 날로 친절히 데리고 간다. 여름 저녁, 잠들기 싫은 여름밤, 일어나기 싫은 여름밤,

잠을 자기 싫었다. 이맘때는 잠을 자고 싶지

않았다. 또 일어나기도 싫었다. 나뭇잎 색깔이
바뀌는 것도 싫었다, 밤이 일찍 어두워지는 것도 싫었다.
새 옷도, 새 공책도 좋아하고 싶지 않았다.

그게 뭔지 나는 알았으니: 뇌물 혹은 오락.
학창 시절의 설렘처럼: 진실은
시간이 한 방향으로 움직이고 있다는 거였다,
온 집을, 온 마을을 들어 올리는 파도처럼.
(중략)
그리고 가을이 가고, 한 해가 갔다.
우리는 변하고 있었다, 자라고 있었다. 하지만
그건 네가 결정하고 한 게 아니었다;
그냥 일어난 일이었다, 네가
통제할 수 없는 일.

시간이 흐르고 있었다. 시간은 우리를
더 빨리, 더 빨리 데리고 갔다, 실험실 문으로,
그리고 문 너머 심연 속으로, 어둠 속으로.
어머니는 수프를 저었다. 양파는,
신기하게, 감자의 일부가 되었다

-〈라듐〉 부분

시인은 이렇게 켜켜이 일상의 숨은 결들을 보여 주면서 한 방향
으로 흐르는 시간을 이야기한다. 어떤 시간은 잘 흐르지 않는데, 어
느 순간, 어떤 시간은 걷잡을 수 없이 빠르게 흐른다. 할머니 주스

를 마시던, 엄마의 양고기 요리를 먹던 집에서 실험실 문으로, 문 너머 어떤 심연으로, 어둠 속으로. 그 속도감이 하나의 시 안에서도 느림과 빠름을 반복한다. 하루 저녁의 일이 천천히 되뇌던 시인은 시간을 수직 낙하하여 죽음으로 몰고 간다. 그 와중에 내가 정말 좋아하는 구절은 이런 거다. "어머니는 수프를 저었다. 양파는, / 신기하게, 감자의 일부가 되었다" 어린 날의 이런 시선을 완전히 놓치지 않고 잡아 두는 시인의 시선, 예언자 시인은 어린 아이인가. 블레이크를 떠올리지 않을 수 없다. 시인 글릭을 두고 비평가들은 거칠지만, 엄격하게 아름다운 시인, 비전을 가진 목소리의 시인이라고 말하곤 한다. 시인 글릭의 엄정하고 냉정한 시선에 강타당하는 평자들이 많지만 내가 보는 글릭의 뛰어남은 이처럼 평범한 듯 잡아채는 일상의 아름다움에 있다.

쉰이 된 시인이 기억하는 날들, 일곱 시절의 다채로운 나날들, 아마 그 일곱 시절에는 시인이 아직 도달하지 않은 날들이 있을 것이다. 젊은 날 아껴 입던 바지가 헐렁해진 힘없는 노인, 곧 망각에 들어갈 인간. 시인이 아직 실제로는 경험하지 않았을 그 시간들마저도 이 시집에서는 잘 형상화된다. 순차적인 방식이 아니라, 롤러코스터를 타듯이 생의 기쁨과 환희, 행복 속에서, 그 망각은 불현 듯 드러난다. 환희가 고뇌로 추락하는 것은 한순간이면 충분하니까.

이전 작품들에서 글릭이 몰두했던 신화의 재해석은 이번 시집에서는 다소 줄어들고, 시인은 대신 어린 시절 롱아일랜드의 뜨거운 여름을 회상한다. 안온한 집, 부모들의 이상에 갇힌 자매, 두 소녀의 놀이. 닫힌 집은 폭력적이고 위험한 세상에서 오아시스가 되지만, 그 안에서 두 자매는 영원히 단 하나의 사랑의 자리를 두고 다투는 제로섬 게임의 희생양이기도 하다. 시 〈생일〉에서 시인은 지난 50년을 감탄하며 돌아볼 수 있다고 한다.

그런데 감탄에서 시작된 그 응시의 끝에는 "공포와 절망에 엉킨 채" 미래를 바라보는 인간이 있다. 아마 쉰의 나이는 다 비슷비슷, 그렇지 않을까. "은귀야, 우리한테 이제 남은 건 몰락을 바라보는 것밖에 없는 것 같아. 늙어 가는 일이 큰 숙제야." 아이들을 키워서 떠나보내고 늙어 가는 부모님을 바라보던 언니가 언젠가 한 말이다. 그때 언니는 어땠던가. 생기 넘치던 어른, 며느리에게 늘 또랑또랑 목소리 크셨던 어른이 어느 날 갑자기 정신을 놓고 말 그대로 똥을 벽에 바르는 일이 생겼다. 묵묵히 그걸 치우던 언니는 무엇을 보았을까, 그때 시인 글릭만큼 공포와 절망을 보았을까. 나는 이제야 그 마음을 어렴풋이 짐작할 수 있을 것 같은데…….

어두운 거실에 앉아 쉰이 된 시인은 환희에 솟구치다가 한순간 고뇌에 빠진다. 우주를 떠도는 먼지였다가 이 먼지 같은 세상에 와서 갓난쟁이에서 힘과 사랑과 욕망을 아는 인간으로 커 가다가 동시에 망각으로 치닫는 그 모든 여러 시절의 일을 한 시선에 담는 시인의 일. 또 다른 시 〈일기에서〉에서 시인은 젊은 날의 실패한 사랑 이야기를 들려준다. 한 번의 사랑, 두 번의 사랑, 세 번의 사랑, 그 사랑 사이에서 애벌레처럼 탈바꿈을 하는 인간. 편지 교환을 통해 이루어진 사랑 이야기는 내 세대엔 낯설지 않은 연애 방식이다. 먼 거리를 두고 나누는 깊은 친밀감, 키츠가 패니 브론에게, 단테가 베아트리체에게 보내는 사랑의 편지. 우리는 안다. 그 사랑의 열망과 허망함을. 하지만 적어도 그 시를 읽는 그 순간의 진실 또한 안다. 편지를 주고받으며 뭔가의 일부가 된 느낌으로 아주 대단하고 심오한 무언가의 일부로 살아가던 그 시간. 제대로 시작하기도 전에 끝나는 사랑. 시의 말미에서 시인은 "나는 한 번 사랑했고, 두 번 사랑했다. / 쉽게 세 번을 나는 사랑했다."로 끝맺는데, 이는 시를 시작한 바로 그 구절이다. 하지만 처음 세 줄로 나누어 말하던 똑같은 내용을 이번에는 두 줄로 줄여 말한다. 두 번의 사랑은 중간에 한 줄로 기입한다. 그 반복과 변주는 시인이 돌아보는 비슷하지만 다른 사랑의 느낌일 것이다. 그리고 그 속에 '내'가 있다. 사랑 안에서 사랑을 사랑했던 나.

돌아보면 우리 인간은, 안간힘을 쓰면서 성장하고 변화하지만, 대부분의 시간동안 참 무지하다. 그리고 그 시간 또한 매우 상대적으로 다른 잣대로 오고 간다. 어떤 며칠은 몇 년이 되고, 어떤 순간은 영원이 되고, 또 어떤 몇 년은 아무 것도 아닌 시간이 되기도 한다. 젊은 날, 이리저리 방황했던 시간을 돌아보며 시 〈목적지〉에서 시인은 그 여정들을 '위대한 경이'라고 부른다. 상처와 갈등 속에서 아프고 힘들었을지라도 어떤 환희를 기억하고 그 환희가 그 십 년을 '위대한 경이'라고 부를 수 있게 하는 것은 기억 때문이다. "몇 시간이 평생을 차지할 수도 있었으니" 말이다. 우리의 기억 속에 온전히 보관된 어떤 기억은, 망각 속에서도 다시 돌아가는 여행을 계속할 수 있다. 그래서 그게 끝나고 한참 이후에라도 나는 별로 힘들이지 않고 나는 그 시간으로 돌아간다. 돌아가 완벽한 상상 속에서 우리는 그 시간을 다시 산다. 어쩌면 노년의 시간에, 자꾸만 과거를 되새김질 하는 것은 이런 원리가 아닐까. 평생을 차지하는 그 몇 시간이 우리를 웃게 하고 살게 하는 힘이 된다는 것.

글릭은 예지의 시인이면서 어린아이였고 또 달리 보면 운명론자다. 카산드라로 시작하여 불멸의 존재들과 동맹을 맺으며 어떤 운명을 예언하는 시인. 《일곱 시절》을 낼 당시에 글릭의 시는 한국엔 전혀 소개되지 않았지만, 수많은 비평가들은 이미 그의 국제적인 명성을 이야기하기 시작한다. 가끔 그런 글들을 읽으면, 세계 문학의 장 안에서 시가 서로 시간차를 두고 다르게 도착하는 일이 신비롭고 재밌다. 우리는 까맣게 모르는 시인. 만약 글릭이 노벨문학상을 받지 않았더라면 이 세계의 어느 한 부분에 그는 온전히 모를 채 남아 있었겠구나. 그를 통해 얻는 이 통찰과 이 위안을 우리는 영영 모르고 지났겠구나. 동시에 또 상상한다. 글릭이 쉰 나이에 삶의 굽이굽이를 돌아보던 그해의 나를.

글릭이 삶과 사랑, 죽음에 관한 묵상과 기억의 시 44편을 엮고 있던 1999년 그 여름의 나는 사랑에 된통 빠져 정신을 못 차리고 있었다. 그러니까 글릭의 한여름을 나도 통과하고 있었다는 얘기다. 글릭의 기억 속, 그는 실제의 나였을 수도 있다는 얘기다. 상상 속 한여름 무더위, 모든 생명이 더위에 지쳐 숨을 헉헉대는 때. 여름 과일로 시원하게 주스를 만들어 먹는 때. 뒷마당에서 손톱에 매니큐어를 바르는 때. 삶의 관능과 환희가 일제히 눈을 뜨는 때. 관능 너머에 도사린 죽음을 여름은 어떻게 보는가? 작은 실수가 몰고 오는 사랑의 실패, 물러터진 과일, 상처 입은 자존심, 분노의 계절. 우리가 경험하는 많은 일들, 좋은지도 나쁜지도 모르고 흘려보낸 시간들을 글릭은 차분히 소환한다.

경험이 각인되는 것은 기억과 기록을 통해서다. 기억을 통해, 또 그 기억을 기록하는 행위를 통해 경험이 제대로 자리 잡을 때 그 경험은 우리 삶에 어떤 뜻깊은 의미를 제공한다. 그래서 이 시집은 오롯이 글릭의 일기장이요, 글릭의 예언집이다. 그 기쁨의 순간들, 찬란한 여름 햇살이 숨기고 있는 것, 결국 우리 모두는 죽는다는 사실. 우리가 지나는 가장 밝은 계절, 생명이 왕성한 여름 그림자 속에 숨어 있는 그 엄혹. 그러나 어떤 결말도, 종말도 지울 수는 없는 여름의 빛. 여름의 시간. 그래서 시인은 여름의 시간을 우리 영혼에 지울 수 없는 방식으로 새긴다. 시집의 마지막 시는 다시 꿈인 듯 기묘한 〈우화〉로 끝난다.

그러다 나는 아래를 내려다봤다 그리고 보았다
내가 들어갈 그 세상, 그게 바로 내 집이 될 것이다.
동행하는 이를 돌아보며 내가 물었다, *여기가 어디지요?*
그러자 그가 대답했다 열반*(涅槃)*.
그러자 내가 다시 말했다 하지만 *빛은 우리에게 평화를 주지 않을 거예요.*

-〈우화〉 전문

다시 서늘해지는 순간이다. 이 순간은 탄생 이전의 순간이다. 들어갈 세상, 내 집이 될 세상, 그런데 그 세상은 기묘한 방식으로 죽음과 겹쳐진다. 열반, 영어 원문에 'Nirvana'로 되어 있으니 달리 표현할 말이 없다. 죽음 이후의 세계. 실제로 시를 읽다 보면, 이게 탄생인지 죽음인지 그 둘을 하염없이 오간다. 동행하는 이의 대답, 열반. 이 세계가 열반인가, 저 피안의 세계가 열반인가. 마지막에 강조하는 말, "빛은 우리에게 평화를 주지 않을 거예요."는 여러모로 상징적이다. 태어나 아이는 운다. 아이는 이 세계에 빛으로 오는 존재다. 아이가 맞는 세상의 빛. 평화를 주지 않는 빛. 그렇다면 역시 이 세계는 고통의 바다인가. 그렇다면 죽음 이후의 세계는 어떤가? 거긴 빛이 아닌 어둠만이 있는가? 어둠은 무엇을 주는가? 시인이여, 죽어 다른 세상으로 건너간 시인이여, 지금 어디에 있는가?

글릭은 도저한 현실주의자다. 시인은 어떤 글에서 시와 현실의 관계를 이야기하면서 "왜 시가 내 인생을 모방하면 안 되지?" 하며 묻는다. 그의 시가 열정적인 것도, 차갑고 냉정한 것도, 어떤 섣부른 희망을 말하지 않는 것도, 겉보기에는 평범한 시간 속에 물리적인 이 세계의 현실을 넘어서는 어떤 진실의 실체를 파고드는 것도, 그가 살다간 시간의 흐름 속에서 그가 경험한 감정을 날 것으로 잡아채기 때문이다. 그러면서 시인은 우리가 보는 것들은 우리가 기대하는 것과 다르며, 우리가 얻는 것들은 우리의 욕망을 충족시키지 못하고, 우리가 서두르며 얻은 것들을 깨 버리곤 한다는 부정할 수 없는 진실을 직시하게 한다. 인간의 연약함은 피할 수 없다. 어떻게 해도 우리는 젊음으로 돌아갈 수도 없다. 일곱 번의 다른 역할, 일곱 번 지나는 전생 같은 시간 속에서, 우리는 다만 앞으로 나아갈 뿐이다. 그 앞에 망각만이 있다 하더라도. 시인 글릭을 두고 평범한 것의 가면을 벗기는 사람, 손잡이 없는 칼날을 쥐고 있는 사람, 물을 피로 바꾸는 재능을 가진 시인이라고 하는 것은 바로 이처럼 씁쓸한 잔혹 동화를 이처럼 평범하고 부드러운 말로 쓰는 것을 두고 한 말이리라.

마지막으로 '일곱 시절'이라는 제목에 대해서 설명을 하지 않을 수 없다. 번역을 하다 보면 마음이 열두 번 바뀌는 경험을 한다. 다른 번역가들은 어떤지 모르겠지만 시를 읽을 때 읽는 위치와 장소, 상황에 따라 자주 다른 느낌을 받는 나는 번역 또한 그에 따라 자주 다르게 변주한다. 이게 시 번역의 매력이고 맛이고 어려움이리라. 그래서 출판을 위해 번역을 할 때 초교에서 재교 과정에서 수정한 부분을 다시 초교의 상태로 돌리는 일도 종종 있다. 편집자에게는 참 미안한 일이다. 이번 시집의 제목만 하더라도 마지막까지 고심한 부분이다. 일곱 시절로 하는 것과 일곱 시대라고 하는 것은 우리말 어감에 엄청난 차이가 있어서 끝까지 고민했다. 그동안 논문이나 다른 글 속에서 내내 '일곱 시대'라고 한 것은 이 작품에 흐르는 기묘한 환상적인 느낌, 우주적인 스케일을 어떻게든 가지고 가고 싶었기 때문이다. 셰익스피어를 좋아했던 글릭에게 자연스럽게 녹아들었을 작품 《당신 좋으실 대로》를 염두에 두고 생각하더라도 그 기묘한 우주적 스케일을 꼭 살리고 싶었다.

하지만 글릭이 세상을 떠난 후, 한 점의 먼지로 돌아간 이후, 다시 사람의 한 생과 그가 살다간 시공간을 생각하면서 마음이 바뀌었다. 우리는 흔히 대단한 삶을 살다간 한 사람을 보내면서 '한 시대'가 갔다고 이야기한다. 글릭을 떠나보내는 일도 마찬가지다. 한 시대가 갔다고, 어떤 묵직한 커튼이 내려졌다고 느꼈으니. 이 시집에서 글릭이 불러오는 일곱 단계/시기/시절/시대는 한 사람의 이야기이면서 한 세계의 이야기이고, 두 사람의 이야기, 두 세계의 이야기, 무수한 사람, 무수한 세계의 이야기다. 그가 떠난 이후 생각하니, 시의 권위를 누구보다 진지하게 생각한 시인 글릭이지만, 지금 하늘나라의 그라면 '시대'보다 그냥 '시절'이라는 단어를 더 좋아하리라는 생각이 든다.

그가 떠나고 한 시대가 저물었지만, 나는 그냥 한 시절이 간 것이라고 생각하려 한다. 마치 한 학기가 지난 것처럼 나의 한 시절이 지난다. 칭얼대는 갓난쟁이에서 주스를 핥아먹는 아이가 되고 학교 가기 싫어 꾸물대는 학생이 되고 사랑을 노래하는 청년이 되고 권력과 명예를 아는 어른이 되고 다시 힘없는 노인이 되는 망각 속으로 들어가는 과정을 하나의 지면에 무심하게 감정의 변화 없이 일별한 시인 글릭. 붙잡을 수 없는 것을 바라본 시인의 시선. 죽음으로 다만 그 시인은 그 단계 어느 하나로 쑥 들어간 것이라고.

이 시집의 시들은 앞서도 얘기했지만 시인의 나이 쉰에 썼다. 위로는 돌아가신 아버지, 늙어 가는 어머니를 보는 시인, 아래로는 맹랑한 조카, 순둥이 아들을 바라보는 시인. 그 위에 늙어 가는 부모님을 하루하루 애잔하게 바라보는 지금의 내가 겹쳐진다. 그런 시인이 망각의 여정 속으로 떠났다. 시인은 지금 하늘나라에서 작아지라고, 더 작아지라고 하는 것 같다. 너무 애태우지 말라고. 크고 작은 상처와 상실과 비탄과 절망에도 너무 마음 두지 말라고, 결국 이 모든 시절의 일을 그대로 훌훌 받아넘기라고 말해 주는 것 같다. 그래서 후기를 넘기는 마지막 순간에 '일곱 시대'를 '일곱 시절'로 바꾸려 한다. 역자의 변덕을 참을성 있게 받아 준 편집자에게 미안함과 고마움 실어서 말이다.

이런 소소한 마음의 무늬를 고백하는 일, 독자들은 이번 참에 시의 번역에서 단어 하나의 변화에도 얼마나 많은 숨은 이야기가 깃들어 있는 것인지 절감하게 될 것이니 이 또한 나쁘지는 않을 것이다. 저마다 지금 어느 시절, 어느 시대를 지나고 계시는가요? 지금의 우리 시대를 돌아보며 생각하니, 대지 위에 대지 이상을 얻고자 하는 욕망, 멈출 줄 모르는 갈망, 그 미친 허기가 몰고 오는 죽음, 크고 작은 전쟁들로 한시도 평화가 없다 싶다. 이 폐허와 절망 위에서도 돋아나는 하루하루의 희망들, 밥을 짓고, 또박또박 걷고, 구구단을 외고 노래를 부르는 그 모든 찰나의 존재들. 시의 마음이 말하니, 붙잡을 수 없는 것, 붙잡을 수 없는 시간, 붙잡을 수 없는 사람을 돌아보지 말라고. 그래서 나는 울지 않고 쓴다. 울지 않고 나를 오래 사로잡았던 것들을 보내며, 이제 조금 가벼이, 오래 붙잡고 있던 원고도 놓아 보낸다.

시공사에서 만나는
루이즈 글릭 시집들

만이

루이즈 글릭
데뷔작

습지 위의 집

문단의 찬사를 받은
두 번째 시집

내려오는 모습

신화적 요소가
두드러지는 시 세계

아킬레우스의 승리

전미 비평가상

아라라트 산

글릭의 시선으로 맞춰지는
세계의 균형

야생 붓꽃

퓰리처상

"꾸밈없는 아름다움으로 개인의 존재를 보편화하는
분명한 시적 목소리를 낸 작가."
_ 한림원

목초지

가족 안에서 경험하는
감정의 파고

새로운 생

계속 나아가려는 강인함이
드러나는 시집

아베르노

PEN
뉴잉글랜드상

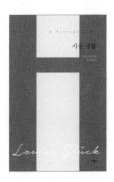

시골 생활

비관과 기쁨을 오가는
삶을 이야기한 시집

신실하고 고결한 밤

전미도서상

협동 농장의 겨울 요리법

노벨문학상 이후
첫 시집